GABRIEL GARCÍA
MÁRQUEZ

AŞK VE
ÖBÜR CİNLER

Can Çağdaş

Aşk ve Öbür Cinler, Gabriel García Márquez
İspanyolca aslından çeviren: İnci Kut
Del amor y otros demonios
© 1994, Gabriel García Márquez ve Gabriel García Márquez vârisleri
© 1994, Can Sanat Yayınları A.Ş.
Bu eserin Türkçe yayın hakları Agencia Literaria Carmen Balcells S.A.
aracılığıyla alınmıştır.

1. basım: 1994
42. basım: Şubat 2023, İstanbul
Bu kitabın 42. baskısı 10 000 adet yapılmıştır.

Dizi editörü: Cem Alpan
Düzelti: Ebru Aydın, Melis Oflas
Mizanpaj: Bahar Kuru Yerek

Dizi tasarımı: Utku Lomlu / Lom Creative (www.lom.com.tr)
Kapak tasarımı: Bilal Sarıteke

Baskı ve cilt: İmak Ofset Basım Yayın Tic. ve San. Ltd. Şti.
Akçaburgaz Mah.137.Sokak No:12
Esenyurt, İstanbul
Sertifika No: 45523

ISBN 978-975-07-3663-6

CAN SANAT YAYINLARI
YAPIM VE DAĞITIM TİCARET VE SANAYİ A.Ş.
Maslak Mah. Eski Büyükdere Cad. İz Plaza Giz, No: 9/25, Sarıyer / İstanbul
Telefon: (0212) 252 56 75 / 252 59 88 / 252 59 89 Faks: (0212) 252 72 33
canyayinlari.com
yayinevi@canyayinlari.com
Sertifika No: 43514

GABRIEL GARCÍA MÁRQUEZ

AŞK VE ÖBÜR CİNLER

ROMAN

1982 NOBEL EDEBİYAT ÖDÜLÜ

İspanyolca aslından çeviren

İnci Kut

GABRIEL GARCÍA MÁRQUEZ, 1928'de Kolombiya'nın Aracataca kentinde doğdu. Hukuk ve gazetecilik öğrenimini yarım bıraktı. 1940'lardan başlayarak uzun yıllar gazetecilik yaptı. Yine aynı yıllarda öykü yazmaya başladı. Yayımlanan ilk önemli yapıtı, *Yaprak Fırtınası*'ydı. *Albaya Mektup Yok*, ülkesi uğruna savaşarak yaptığı hizmetlerin karşılıksız kaldığını anlayan bir subay eskisinin öyküsüydü. Bunu *Hanım Ana'nın Cenaze Töreni* (1962) ve *Şer Saati* (1962) izledi. García Márquez, en tanınmış romanı *Yüzyıllık Yalnızlık*'ı (1967), Meksika'ya ilk gidişinde yazdı. *Yüzyıllık Yalnızlık*'taki bir bölümden esinlenerek yazdığı öykülerini *İyi Kalpli Eréndira* (1972) adlı kitapta toplayan yazar, daha sonra birbiri ardı sıra *Mavi Köpeğin Gözleri*'ni (1972), *Başkan Babamızın Sonbaharı*'nı (1975), *Kırmızı Pazartesi*'yi (1981), *Kolera Günlerinde Aşk*'ı (1985), Simón Bolívar'ın yaşamının son aylarını konu edinen *Labirentindeki General*'i (1989), anılarını kaleme aldığı *Anlatmak İçin Yaşamak*'ı (2002) yayımladı. García Márquez, 1982'de Nobel Edebiyat Ödülü'ne değer görüldü. 2014'te Meksika'da seksen yedi yaşında hayata veda etti.

İNCİ KUT, lise öğrenimini 1960'ta Ankara Koleji'nde tamamladıktan sonra Ankara Üniversitesi DTCF İngiliz Dili ve Edebiyatı ve Varşova Üniversitesi İspanyol Filolojisi bölümlerinden mezun oldu. 1990 yılından başlayarak Miguel Delibes, Gabriel García Márquez, Isabel Allende, Mario Vargas Llosa, José Mauro de Vasconcelos ve José Saramago gibi İspanyol, Portekizli ve Güney Amerikalı yazarların roman ve öykülerini Türkçeye kazandırdı.

"Gözyaşlarına boğulmuş
Carmen Balcells'e"

"Öyle görünüyor ki, ölümden sonra,
insanın saçları, bedeninin öteki yerlerinden
çok daha az canlanıyor."

Aquino'lu Tomas
"Dirilen Bedenlerin Bütünlüğü Üzerine"
(Konu 80, Bölüm 5)

Sunuş

26 Ekim 1949, önemli haberlerle dolu bir gün değildi. Muhabir olarak ilk yazılarımı yazdığım günlük gazetenin yazı-işleri müdürü olan Üstat Clemente Manuel Zabala, o sabahki toplantıyı alışıldık birkaç öneriyle kapatmış, redaktörlerden hiçbirine belirli bir iş vermemişti. Birkaç dakika sonra telefon-dan, eski Santa Clara Manastırı'nın mahzenindeki mezarların boşaltıldığı haberini alınca, fazla bir umuda kapılmadan şu emri verdi bana:

"Oralarda bir dolaş bakalım, yazacak neler bulabileceksin."

Yüz yıl önce hastaneye dönüştürülmüş bu tarihî Klaris[1] manastırı, yerinde beş yıldızlı bir otel yapılmak üzere satılacak-tı. Olağanüstü güzellikteki kilisesi, damının yer yer yıkılması nedeniyle neredeyse tümüyle açıkta kalmıştı, ama mahzen me-zarlarında üç kuşaktan piskoposlar, başrahibeler ve daha başka ileri gelen kişiler hâlâ gömülüydü. Atılacak ilk adım, bu mezar-ları boşaltıp kalıntıları, çıkabilecek isteklisine teslim etmek, geri kalanları da ortak bir çukura gömmek olacaktı.

Kullandıkları yöntemin ilkelliği beni şaşırtmıştı. İşçiler, mezarların kapaklarını kazma ve çapayla kaldırıyorlar, daha kımıldatırken parçalanan çürümüş tabutları çıkarıp lime lime giysilerle soluk renkli saçlara karışmış bir toz yığını halindeki kemikleri ayırıyorlardı. Ölü ne kadar ünlüyse, çalışma o kadar zor oluyordu, çünkü değerli taşlarla altın ve gümüş takıları bu-

---

1. Azize Chiara (1193-1253) tarafından kurulmuş bir tarikat. (Ç.N.)

lup çıkarabilmek için, bedenlerin enkazını eşeleyip kalıntıları inceden inceye elemek gerekiyordu.

Ustabaşı, mezar yazıtlarındaki bilgileri bir okul defterine aktarıyor, kemikleri ayrı ayrı kümeler halinde düzenleyerek, birbirlerine karıştırılmasın diye her birinin üzerine ölünün adı yazılı bir kâğıt koyuyordu. Öyle ki, tapınağa girdiğimde gördüğüm ilk şey, çatıdaki açıklıklardan tüm şiddetiyle içeri giren o korkunç ekim güneşi altında cayır cayır yanan ve bir kâğıt parçasına kurşunkalemle yazılı adından başka bir kimliği bulunmayan sıra sıra kemik yığınları olmuştu. Aradan neredeyse yarım yüzyıl geçtikten sonra bile, yılların yıkıcı adımlarla geçip gitmesinin bu korkunç göstergesinin bende uyandırdığı şaşkınlığı hâlâ duyarım içimde.

Orada, pek çoklarının arasında, Perulu bir kral naibiyle gizli sevgilisi; o yörenin piskoposu Don Toribio de Cáceres y Virtudes; manastırın, aralarında Rahibe Josefa Miranda'nın da bulunduğu pek çok başrahibesi ve ömrünün yarısını tavan kaplamaları yapımına adamış olan sanatçı Don Cristóbal de Erasó da bulunuyordu. İkinci Casalduero Markisi Don Ygnacio de Alfaro y Dueñas'ın yazıtını taşıyan kapalı bir mezar vardı, ama açtıklarında boş ve kullanılmamış olduğunu görmüşlerdi. Buna karşılık, eşi Markiz Olalla de Mendoza'nın kalıntıları, kendi yazıtını taşıyan bitişik mezardaydı. Ustabaşı, bunu hiç önemsememişti: Soylu bir Kreol'ün[1] kendi mezarını hazırlatmış olmasında, ama sonra onu başka bir mezara defnetmelerinde şaşılacak bir şey yoktu.

Ana altarın duvarında, İsa'nın yanındaki üçüncü oyuktaydı asıl büyük haber. Mezar yazıtı, ilk kazma darbesiyle parça parça yerinden fırlamış, yoğun bakır renginde canlı bir saç yığını mezardan dışarı taşmıştı. Ustabaşı, işçilerinin de yardımıyla bunları tümüyle dışarı çıkarmak istedi, ama saçları ne kadar çok çekerlerse o kadar uzun ve gür görünüyorlardı; sonunda hâlâ bir kız çocuğunun kafatasına yapışık son saç telleri de dışarı çıktı. Oyukta, oraya buraya dağılmış birkaç küçük kemik

---

1. 16.-18. yüzyıllarda İspanyol Amerika'sında İspanyol anne babadan doğan beyazları, İspanya'da doğup Amerika'da yaşayanlardan ayırt etmek için kullanılan ad. (Y.N.)

parçasından başka bir şey kalmamıştı, güherçileden delik deşik olmuş mezartaşında ise, soyadı bulunmayan bir ad okunabiliyordu yalnızca: Sierva María de Todos los Ángeles. Yere yayılan o harikulade saçlar, yirmi iki metre on bir santim uzunluğundaydı.

Ustabaşı, en ufak bir şaşkınlığa kapılmadan, insan saçının ölümden sonra da ayda bir santim uzadığını anlattı bana; yirmi iki metre de, iki yüz yıllık bir süre için iyi bir ortalama gibi görünmüştü ona. Oysa bana hiç de bu kadar olağan gelmemişti bu olay, çünkü çocukluğumda büyükannem, saçları arkasında bir gelin duvağı gibi yerlerde sürünen ve bir köpek ısırması sonucu kuduzdan ölmüş, gerçekleştirdiği pek çok mucize nedeniyle Karayip halkları arasında yüceltilen, on iki yaşında küçük bir markizin efsanesini anlatırdı bana. İşte o mezarın onunki olabileceği düşüncesi, gazeteye o gün yazdığım haberi ve bu kitabın kökenini oluşturdu.

Gabriel García Márquez
Cartagena de Indias, 1994

Bir

Alnında beyaz bir lekesi olan kül rengi bir köpek, aralık ayının ilk pazar günü, çarşının daracık yollarına dalarak, kebapçıların masalarını devirip yerlilerin işporta tezgâhlarıyla piyangocuların tentelerini altüst etmiş, o arada yoluna çıkan dört kişiyi de ısırmıştı. Bunlardan üçü, zenci kölelerdi. Dördüncüsü ise, yanında melez bir hizmetçiyle birlikte, on ikinci yaş günü kutlaması için bir dizi çıngırak satın almaya giden, Casalduero markisinin tek kızı Sierva María de Todos los Ángeles idi.

Onlara, Tacirler Kapısı'nın ötesine geçmemeleri tembihlenmişti, ama Gine'den getirilen bir gemi dolusu kölenin satışa çıkarıldığı zenci limanındaki şamatanın çekiciliğine kapılan hizmetçi kız, kentin kenar mahallesi Getsemaní'deki iner kalkar köprüye kadar uzanmaktan çekinmemişti. Cádiz Zenci Şirketi'nin gemisi, yolda başlarına gelen açıklanamaz sayıdaki ölüm olayı nedeniyle, bir haftadan beri telaşla beklenmekteydi. Olayı gizleme çabasıyla cesetleri hiç düşünmeden suya atmışlardı. Ama kabaran deniz, onları yüzeye çıkarıp sürüklemiş, ertesi sabah da garip bir mor renk alarak şişip biçimsizleşmiş bir halde kumsala vurmuşlardı. Herhangi bir Afrika salgını patlak vermiş olabileceği korkusuyla gemi, körfezin açıklarında demir atmıştı, ta ki kokmaya yüz tutmuş konserve etlerden zehirlendikleri anlaşılana kadar.

Köpeğin çarşıdan geçtiği saatte, gemi yükünden hayatta kalmış olanları, içinde bulundukları son derece kötü sağlık durumu nedeniyle değer kaybetmiş olarak çoktan satmışlar, uğradıkları kaybı ise, hepsine bedel tek bir parçanın satışıyla karşılamaya çalışıyorlardı. Katı ticari yağ yerine şekerkamışı melasına bulanmış bedeniyle yedi karış boyundaki bu Habeş kızı, insanın aklını başından alacak, inanılmaz güzellikte biriydi. İnce uzun burnu, yusyuvarlak kafası, çekik gözleri, sapasağlam dişleri ve Romalı gladyatörlere özgü ürkek tavırları vardı. Onu, ne çitle çevrili bir yere zincirlemişler ne yaşını ne de sağlık durumunu duyurmuşlardı, yalnızca güzelliği için satışa çıkarılmıştı. Valinin, onun için, hiçbir pazarlığa girmeden, hem de nakit olarak ödediği bedel, ağırlığınca altın olmuştu.

Sahipsiz köpeklerin, kedileri kovalar ya da sokaktaki hayvan leşleri için akbabalarla kapışırken birilerini ısırmaları günlük olaylardandı; hele hele Kalyon Filosu'nun kalabalık Portobelo Panayırı'na gitmek üzere geçtiği bolluk günlerinde daha da olağandı bu. Aynı gün içinde dört ya da beş ısırma olayı, hele Sierva María'nınki gibi sol ayağının bilek kemiğinde zorlukla fark edilen bir yara olursa, kimsenin uykusunu kaçırmıyordu. Bu yüzden hizmetçi kız hiç telaşa kapılmadı. Küçük kızın ayağına limon ve kükürtle kendisi bir tedavi uygulayıp etekliğindeki kan lekelerini yıkadı ve artık hiç kimse onun on iki yaş eğlencesinden başka bir şey düşünmez oldu.

Kızın annesi ve Casalduero markisinin unvansız eşi olan Bernarda Cabrera, o sabah erkenden müthiş etkili bir müshil almıştı: Bir bardak pembe şekerin içinde yedi antimon tanesi. Göstermelik aristokrasi denilen sınıftan azgın bir melezdi Bernarda; baştan çıkarıcı, yırtıcı, sefahat düşkünü ve bütün bir kışlayı doyuracak kadar istek

18

doluydu. Ama fermante olmuş bala ve kakao tabletlerine olan aşırı düşkünlüğü nedeniyle birkaç yıl içinde silinip gitmişti. Çingene karası gözlerinin feri kaçmış, zekâsı körelmişti; aptesini kanlı ediyor, durmadan safra çıkarıyordu; bir zamanlar denizkızını andıran bedeni şişip üç günlük bir ölününki gibi bakır rengini almıştı; dahası öyle pis kokulu ve gürültülü gazlar salıyordu ki, çoban köpeklerini bile ürkütüyordu. Binde bir yatak odasından dışarı çıkacak olsa, ya çırılçıplak dolaşıyor ya da çıplak tenine giydiği ipekli bir entari, üzerinde hiçbir şey olmadığı zamankinden daha çıplak gösteriyordu onu.

Sierva María'yla birlikte çarşıya giden hizmetçi kız geri döndüğünde Bernarda yedi kez büyük aptese çıkmıştı. Hizmetçi, köpek ısırmasından hiç söz etmedi ona, buna karşılık o köle kızın satışı yüzünden limanda kopan patırtıyı anlattı. "Dedikleri kadar güzelse Habeş olabilir," dedi Bernarda. Ama Saba melikesi de olsa, birinin çıkıp da onu ağırlığınca altına satın alabileceğine ihtimal vermedi.

"Herhalde ağır altın para demek istediler," dedi.

"Hayır," diye açıkladılar, "zenci kızın ağırlığınca altın."

"Yedi karış boyunda bir köle kız, yüz yirmi libreden aşağı gelmez," dedi Bernarda. "Yüz yirmi altın libre edecek ne zenci kadın vardır ne de beyaz, meğerki elmas sıçıyor olsun."

Köle ticaretinde hiç kimse onun kadar işbilir olmamıştı; vali, o Habeş kızı satın aldıysa, bunun, mutfağında hizmet gördürmek gibi temiz bir amaç uğruna olmaması gerektiğini biliyordu. Tam bunları düşünürken ilk flavta sesleri ve şenlik fişeklerinin patırtısı geldi kulağına, hemen arkasından da kafese kapatılmış çoban köpeklerinin gürültüsü duyuldu. Neler olup bittiğini görmek için portakal bahçesine çıktı.

İkinci Casalduero markisi ve Darién beyi olan Don Ygnacio de Alfaro y Dueñas da, öğle uykusu için bahçedeki iki portakal ağacının arasına asılı hamağından duymuştu müziği. Somurtkan ve iç karartıcı bir adamdı, inançsızdı; uyurken kanını emen yarasalar yüzünden zambak beyazlığında solgun bir teni vardı. Evin içindeyken Bedevi harmanisi ve kimsesiz görünümünü büsbütün artıran bir Toledo takkesi giyerdi. Karısını, anadan doğma haliyle görünce, ondan önce davranıp sordu:

"Bu müzik de neyin nesi?"

"Bilmem ki," dedi kadın. "Bugün günlerden ne?"

Marki, ne gün olduğunu bilmiyordu. Karısına bu soruyu sorabildiğine göre kendisini gerçekten çok huzursuz hissetmiş, karısı da, acı alaylı herhangi bir söz söylemeden ona yanıt verebildiğine göre safrasından adamakıllı rahatlamış olsa gerekti. Marki şaşkınlıkla hamağına oturmuştu ki, patlamalar yeniden duyuldu.

"Hay Allah!" diye bağırdı. "Acaba bugün günlerden ne?!"

Oturdukları ev, Divina Pastora Kadın Tımarhanesi'ne bitişikti. Müziğin ve fişeklerin sesinden heyecana kapılan hastalar, portakal bahçesine bakan terasın kenarından sarkmışlar, her bir patlayışı alkışlarla kutluyorlardı. Marki, bağıra bağıra, şenliğin nerede olduğunu sordu; onlar da markiyi meraktan kurtardılar: O gün, Piskopos Aziz Ambrosius'un günü olan 7 Aralık'tı ve Sierva María'nın onuruna çalınan müzikle patlatılan fişeklerin sesi, kölelerin avlusundan geliyordu. Marki, elini alnına vurdu.

"Öyle ya," dedi. "Kaç yaşını bitiriyor?"

"On ikisini," diye yanıtladı Bernarda.

"Yalnızca on iki mi?" diye sordu marki ve yeniden hamağına uzandı. "Hayat ne kadar yavaş geçiyor!"

Ev, yüzyılın başlarına kadar kentin övünç kaynağı olmuştu. Artık yıkıntı halinde ve kasvetli olan bu ev, bomboş büyük alanlar ve yerlerinden kaldırılmış pek çok eşya nedeniyle taşınma halindeymiş gibi görünüyordu. Salonların zemininedeki mermer karolarla tavanlarındaki bazı sallantılı avizeler olduğu gibi duruyordu. Hâlâ kullanılan odalar, örme taş duvarların kalınlığından ve uzun yıllar kapalı kalmaktan, özellikle de çatlaklardan ıslık çalarak içeri sızan aralık rüzgârları yüzünden her zaman serindi. Hareketsizliğin ve karanlığın sıkıcı havası sinmişti her yana. Birinci markinin derebeylik debdebesinden geriye kalan tek şey, geceleri evi bekleyen beş çoban köpeğiydi.

Kölelerin, Sierva María'nın yaş gününü kutladıkları gürültülü avlusu, birinci marki zamanında kent içinde kent gibiydi. İkinci marki, mirası devraldıktan sonra da öyle olmayı sürdürmüştü, ama yalnızca Bernarda'nın Mahates'teki şekerkamışı cenderesinin başından beceriyle yönettiği kaçak köle ve un ticareti devam ettiği sürece. Bütün o ihtişam, artık geçmişte kalmıştı. Bernarda, doymak bilmez kötü alışkanlıkları nedeniyle tükenmiş, avluda da, o zenginliğin son kalıntılarının da yiyip bitirildiği, damları yabani palmiye kaplı iki tahta barakadan başka bir şey kalmamıştı.

Ölümünden bir gün öncesine kadar evi demir yumrukla yöneten sadık zenci kadın Dominga de Adviento, o iki dünya arasındaki bağlantıyı oluşturuyordu. İnce uzun, kemikli yapısı, neredeyse keskin görüşlü denebilecek zekâsıyla Sierva María'yı büyüten de o olmuştu. Kendi Yoruba[1] inancından vazgeçmeden Katolik dinini kabul etmişti; hiçbir düzen ve uyuma bağlı olmaksızın her ikisinin de gereklerini yerine getiriyordu. Dediğine göre, ruhu tam bir huzur içindeydi, çünkü birinde eksik olanı, öbüründe buluyordu. Ayrıca, markiyle karısı arasında arabuluculuk etme yetkisine sahip tek kişiydi ve

1. Afrika'da, Nijerya'nın güneybatı kesiminde ve ayrıca dağınık gruplar halinde Benin ile Togo'nun kuzeyinde yaşayan bir halk. (Ç.N.)

her ikisi de ondan hoşnuttu. Köleleri, evin boş odaların-
da oğlancılık illetine dalmış olarak ya da birbirlerinin
karılarıyla yakaladığında süpürgeyle kovalayabilen de bir
tek oydu. Ama o öldüğünden beri, öğle sıcağında baraka-
lardan kaçıp, işçilerin kumanya tencerelerinden pilav
aşırarak ya da koridorların serinliğinde *Macuco* ve *Tara-
billa* oynayarak orada burada yerlere seriliyorlardı. Hiç
kimsenin özgür olmadığı bu baskı dolu dünyada bir tek
Sierva María özgürdü: Ama yalnızca o ve yalnızca orada.
Bu yüzden de yaş günü kutlaması orada yapılıyordu,
onun gerçek yuvasında ve gerçek ailesiyle birlikte.

Evin kendi kölelerinin ve öteki seçkin evlerden gelip
eğlenceye olabildiğince katkıda bulunan öteki kölelerin
toplandıkları bu yerde ve onca müziğin arasında böylesi-
ne hüzünlü bir kutlama akıl alır şey değildi. Yalnızca kız,
neler yapabileceğini gösteriyordu. Afrika kökenlilerden
daha büyük bir incelik ve canlılıkla dans ediyor, türlü
Afrika dillerinde, kendi sesinden başka seslerle ya da
kuşları ve hayvanları bile şaşırtacak kuş ve hayvan sesle-
riyle şarkı söylüyordu. Dominga de Adviento'nun emri-
ne uyarak, en genç köle kızlar, onun yüzünü kömür ka-
rasıyla boyayarak vaftiz göğüslüğünün üzerine ermiş
kolyeleri takmışlar, o güne kadar hiç kesmedikleri ve her
gün yeniden örerek başına kat kat doladıkları örgüleri
olmasa yürümesini engelleyecek saçlarını tarıyorlardı.

Sierva María, birbirine karşıt güçlerin birleştiği bir
kavşakta serpilmeye başlıyordu. Annesinden çok az şey
almıştı. Oysa babasının sıska bedeni, şifa bulmaz sıkıl-
ganlığı, solgun teni, kederli mavi gözleri ve ışıltılı saçları-
nın saf bakır rengi onda da vardı. Hali tavrı öylesine bir
gizlilik içindeydi ki, gözle görülmez bir varlıktı sanki. Bu
kadar garip olmasından korkuya kapılan annesi, evin loş-
luğu içinde nerede olduğunu kaybetmemek için giysisi-
nin kol ağzına bir çıngırak asmıştı.

Kutlamadan iki gün sonra ve neredeyse bir dikkatsizlik sonucu, hizmetçi kız, Sierva María'yı bir köpeğin ısırdığını Bernarda'ya anlattı. Bernarda yatmadan önce mis kokulu sabunlarla altıncı kez banyosunu yaparken bu olayı düşündü, ama yatak odasına döndüğünde unutmuştu bile. Ertesi geceye kadar da bir daha hatırlamadı çünkü çoban köpekleri şafak sökene kadar hiç durmadan havlamışlardı, o da kuduz olmalarından korkmuştu. Bunun üzerine eline küçük bir şamdan alarak avludaki barakalara kadar gidip Sierva María'yı, Dominga de Adviento'dan kalma, palmiye yapraklarından örülü hamağında uyur buldu. Hizmetçi kız, ısırığın neresinde olduğunu söylemediği için, kızın gömleğini kaldırıp, tıpkı bir aslankuyruğu gibi bedenine sarılı olan saç örgüsünü elindeki ışıkla izleyerek her yanını karış karış inceledi. Sonunda ısırığı bulmuştu: Sol ayak bileğinin çıkıntısında, üzeri çoktan kabuk bağlamış bir çizikle, topukta belli belirsiz görünen birkaç sıyrık vardı.

Kentin tarihinde kuduz olayları ne azdı ne de önemsiz. Bunlardan en fazla patırtı koparanı, hali tavrı tıpkı insanlara benzeyen terbiyeli küçük maymunuyla birlikte yollarda dolaşan bir gezgin ip cambazınınki olmuştu. Hayvan, İngilizlerin deniz kuşatması sırasında kuduzu kapmış, sahibini yüzünden ısırarak yakınlardaki tepelere kaçmıştı. Annelerin, çocuklarını korkutmak için, uzun yıllar sonra bile hâlâ mânilerle şarkısını söyleyip durdukları gibi, zavallı ip cambazını, korkunç sanrıları arasında sopa darbeleriyle öldürmüşlerdi. Aradan iki hafta geçmeden, çılgına dönmüş bir makak sürüsü, günün ortasında dağlardan aşağı inmişti. Domuz ahırlarında ve kümeslerde büyük zarara yol açmışlar, İngiliz filosunun yenilgiye uğratılmasını kutlamak için okunan şükran ilahisi sırasında uluya uluya katedrale dalıp, ağızlarından burunlarından kanlı köpükler saçarak boğulup gitmişlerdi. Yine de en korkunç facialar tarihe geçmiyordu, çünkü bunlara, ısırılanların, zenci kölelerin toplantılarında Afrika büyüleriyle iyileştirilmek üzere ortadan yok edildiği, zenci halkın arasında rastlanıyordu.

İbret alınacak onca olaya rağmen, çaresi olmayan ilk belirtileri kendini göstermedikçe, kuduza da, kuluçka dönemi yavaş geçen öteki hastalıklara da ne beyazlar aldırıyorlardı ne zenciler ne de yerliler. Bernarda Cabrera da aynı ölçüte uygun davrandı. Kölelerin dedikodularının, Hıristiyanlarınkilerden daha çabuk ve daha uzaklara yayıldığına, basit bir köpek ısırmasının bile ailenin onurunu zedeleyebileceğine inanıyordu. Bu düşüncelerinden öylesine emindi ki, sorundan kocasına söz etmedi bile; dahası, hizmetçi kızın pazara tek başına gidip, kuduzdan öldüğünün anlaşılabilmesi için bir badem ağacına asılmış olan bir köpek leşini gördüğü ertesi pazar gününe kadar olayı bir daha aklına getirmedi. Hizmetçinin, Sierva María'yı ısıran köpeğin alnındaki beyaz lekeyi ve kül rengi tüylerini tanıması için şöyle bir bakması yetmişti. Yine de Bernarda, kendisine anlatıldığında kaygılanmadı. Ne gerek vardı ki; yara kurumuştu, sıyrıkların da izi bile kalmamıştı.

Aralık ayı kötü başlamış, ama çok geçmeden ametist rengi akşamlarıyla deli rüzgârlı gecelerine kavuşmuştu. Noel, İspanya'dan gelen iyi haberler nedeniyle önceki yıllardakinden daha neşeli geçiyordu. Ama kent eskisi gibi değildi. En büyük köle pazarı Havana'ya taşınmıştı; Anakara'daki[1] bu krallıkların madencileriyle toprak sahipleri de, kaçak işçileri, hem de daha düşük fiyata İngi-

---

1. Tierra Firme: İspanyol kâşifler tarafından Kolombiya ve Venezuela kıyılarına verilen ad. (Ç.N.)

liz Antiller'inden getirtmeyi yeğliyorlardı. Öyle ki, sanki iki ayrı kent vardı: biri, kalyonların limanda demirledikleri altı ay boyunca kalabalık ve neşeli olanı; öbürü de, onların geri dönmelerini bekleyerek yılın geri kalanını uykuda geçireni.

Köpek ısırmalarından bir daha haber alınamamıştı, ta ki ocak ayı başlarında bir gün, Sagunta adıyla tanınan gezgin bir yerli kadın, kutsal öğle uykusu saatinde markinin kapısını çalana kadar. Kadın çok yaşlıydı; tepeden tırnağa beyaz bir çarşafa sarınmış olarak, elinde uzun bir değnekle güneşin altında çıplak ayakla dolaşıyordu. Bekâret tamircisi ve kürtajcı diye kötü bir üne sahipti ama bu açığını, umutsuz hastaları ayağa kaldıran yerli sırlarını bilmekle kazandığı ünle kapatıyordu.

Marki, evin holünde ayakta durarak isteksizce karşıladı onu; ne istediğini anlaması da oldukça uzun sürdü, çünkü hiç acele etmeden, son derece karmaşık ve dolambaçlı sözlerle konuşan bir kadındı. Sadede gelmek için sözü öyle bir döndürdü dolaştırdı ki, sonunda markinin sabrı taştı.

"Sorun neyse, sözü daha fazla uzatmadan söyleyin," dedi.

"Kuduz salgını tehlikesiyle karşı karşıyayız," dedi Sagunta. "Avcıların azizi ve kuduranların iyileştiricisi Aziz Huberto'nun anahtarlarına sahip olan tek kişiyim ben."

"Salgın çıkması için bir neden göremiyorum," dedi marki. "Bildiğim kadarıyla, ne bir kuyrukluyıldız haberi çıktı ne de güneş tutulması; Tanrı'nın bizimle uğraşmasını gerektirecek kadar büyük günahlarımız da yok."

Sagunta, mart ayında tam bir güneş tutulması olacağı haberini verdi ve aralık ayının ilk pazar günü yaşanan bütün köpek ısırmalarının dökümünü yaptı ona. Bunlardan ikisi, büyük bir olasılıkla yakınları tarafından büyü yapılmak üzere götürülmüş olarak ortadan kaybolmuşlardı; üçüncüsü ise, olayın ikinci haftasında kuduzdan ölmüştü. Bir dördüncüsü vardı ki, ısırılmamıştı ama aynı köpeğin salyasıyla hafifçe ıslanmıştı ve Amor de Dios Hastanesi'nde can çekişiyordu. Vali, ayın başından beri sahipsiz yüz kadar köpeği zehirletmişti. Bir haftaya kadar sokakta bir tane bile canlı köpek kalmayacaktı.

"Her ne olursa olsun, benim bununla ne ilgim var anlamıyorum," dedi marki. "Üstelik de böylesine ters bir saatte."

"İlk ısırılan sizin kızınızdı," diye karşılık verdi Sagunta.

Marki kendinden son derece emin bir tavırla şöyle dedi:

"Öyle olsaydı, bunu ilk bilecek kişi ben olurdum."

Kızının kendisini iyi hissettiğine inanıyor, kendi haberi olmaksızın böylesine ciddi bir şeyin olabileceğini mümkün görmüyordu. Böylelikle ziyareti sona erdirerek öğle uykusunu tamamlamaya gitti.

Yine de aynı gün akşamüzeri gidip Sierva María'yı hizmetkârların avlusunda buldu. Yüzü siyaha boyalı olarak, yalınayak ve başında kölelerinki gibi renkli bir türbanla, tavşanların derilerinin yüzülmesine yardım ediyordu. Marki, bir köpeğin onu ısırdığının doğru olup olmadığını sordu, o da en ufak bir kuşkuya yer vermeyecek biçimde ısırmadığını söyledi. Ama o gece Bernarda, haberi doğruladı. Marki, şaşkınlıkla sordu:

"Peki Sierva neden inkâr etti?"

"Çünkü yanlışlıkla bile doğruyu söylemesinin yolu yok da ondan," diye yanıt verdi Bernarda.

"Öyleyse bir şeyler yapmak gerek," dedi marki. "Çünkü köpek kuduzmuş."

"Tersine," diye karşılık verdi Bernarda, "asıl köpek ölmüş olmalı onu ısırdığı için. Bu olay ta aralık ayında olmuş, ama o kaltak turp gibi sağlam."

Her ikisi de, salgının ciddiyetiyle ilgili giderek artan söylentilere kulak veriyorlardı ve tıpkı birbirlerinden daha az nefret ettikleri zamanlardaki gibi, ortak sorunları üzerinde ister istemez konuşmak zorunda kalmışlardı. Marki için durum apaçıktı. Her zaman kızını sevdiğine inanmıştı, ama kuduz hastalığından duyduğu korku, daha işine geldiği için kendi kendisini aldattığını itiraf etmek zorunda bırakıyordu onu. Buna karşılık Bernarda, bunu kendi kendisine sormadı bile, çünkü onu sevmediğine ve onun tarafından da sevilmediğine inancı tamdı ve bu iki inancı da yerinde görünüyordu ona. Her ikisinin de kıza karşı besledikleri nefretin çoğu, kızın onların her birine karşı duyduğu nefretten geliyordu. Yine de Bernarda, kızın ölümünün saygın bir nedenden olması koşuluyla, aile onurunu korumak için, gözyaşı dökme oyununu oynayıp acılı bir anaya yakışır biçimde yas tutmaya hazırdı.

"Hangi nedenden öldüğü önemli değil," diye vurguladı. "Bir köpek hastalığı olmasın da."

Marki o anda, sanki kutsal bir güçle aydınlanmış gibi, hayatının anlamını kavrayıverdi.

"Kızım ölmeyecek," dedi, kararlı bir tavırla. "Ama ölmesi gerekiyorsa da, ölümü, Tanrı'nın buyurduğu şeyden olacak."

Salı günü, Sagunta'nın sözünü ettiği kuduz hastasını görmek üzere, San Lázaro tepesindeki Amor de Dios Hastanesi'ne gitti.

Yas tülleriyle süslü şatafatlı arabasının, henüz kuluçka dönemindeki felaketlerin yeni bir belirtisi olarak görüleceğinin bilincinde değildi, çünkü uzun yıllardır önemli bir fırsat çıkmadıkça evden dışarı adım atmıyordu ve yine yıllardır talihsizliklerden başka fırsat çıktığı yoktu.

Kent, yüzyıllardan beri süregelen durgunluğuna gömülmüştü, ama arabası, duvarlarla çevrili arazisinden çıkıp San Lázaro tepesine doğru yola koyulan, ağır ipekli yas giysileri içindeki kaygılı beyefendinin kederli yüzünü ve huzursuzlukla kaçırdığı gözlerini fark edecek birileri eksik değildi. Hastaneye vardığında, tuğla döşeli yerlere serilmiş cüzamlılar, onun cansız adımlarla içeri girdiğini görünce sadaka istemek için yolunu kestiler. Kuduz hastası, azılı hastaların koğuşunda bir direğe bağlanmıştı. Saçı sakalı bembeyaz olmuş yaşlı bir melezdi. Bedeninin yarısı felç olmuştu bile, ama kuduz hastalığı bedeninin öteki yarısına öyle bir güç vermişti ki, kendini duvardan duvara atıp parçalamasın diye onu bağlamak zorunda kalmışlardı. Hastane kayıtları, onu ısıran köpeğin de, Sierva María'yı ısıran, alnı beyaz lekeli, tüyleri kül rengi aynı köpek olduğuna kuşku bırakmıyordu. Ve gerçekten de köpek ona salyasını bulaştırmıştı, ama derisinin sağlıklı yerine değil de, baldırındaki kapanmak bilmez bir yaraya. Bu açıklama, markiyi yatıştırmaya yetmemişti; ölümcül hastanın halinden dehşete kapılmış olarak ve Sierva María için en küçük bir umut ışığı taşımaksızın çıktı hastaneden.

Tepenin eteklerinden kente geri dönerken, ölmüş atının yanında yol üstünde bir taşa oturmuş iriyarı bir adama rastladı. Arabayı durdurdu ve ancak adam ayağa kalktığında, kentin en ünlü ve tartışmalı hekimi, yükseköğrenim sahibi Abrenuncio de Sa Pereira Cao olduğunu anlayabildi. Tıpkı maça papazına benziyordu. Güneşten koruyan geniş kenarlı bir şapka, binici çizmeleri ve okumuş azatlılarınkini andırır siyah bir pelerin giymişti. Pek alışılmadık bir resmiyetle selamladı markiyi.

"*Benedictus qui venit in nomine veritatis,*"[1] dedi.

Atı, tırısa kalkıp çıktığı aynı tepeden inerken yüreği dayanmayıp çatlamıştı. Markinin arabacısı Neptuno, hay-

---

1. (Lat.) Gerçeklerin adına, gelene selam olsun. (Ç.N.)

vanın eyerini çözmeye yeltendi, ama atın sahibi onu vazgeçirdi.

"Eyerleyecek hayvanım olmadıktan sonra eyeri ne yapayım?" dedi. "Bırak onunla birlikte çürüsün."

Arabacı, irikıyım gövdesiyle arabaya çıkabilmesi için ona yardım etmek zorunda kaldı; marki de onu sağına oturtarak onurlandırdı. Abrenuncio, atını düşünüyordu.

"Sanki bedenimin yarısı ölmüş gibi," diye içini çekti.

"Bir atın ölümüne çare bulmaktan daha kolay bir şey olamaz," dedi marki.

Abrenuncio cesaret bulmuştu. "Bu, farklıydı," dedi. "İmkânım olsaydı onu kabristana gömdürürdüm." Tepkisini bekleyerek markiye baktı, sonra sözünü tamamladı:

"Ekimde yüz yaşını bitirmişti."

"O kadar yaşayan at yoktur," dedi marki.

"Kanıtlayabilirim," diye karşılık verdi hekim.

Abrenuncio, salı günleri, başka illetleri olan cüzamlılara yardım etmek için Amor de Dios Hastanesi'nde hizmet görüyordu. İspanya'daki baskı yüzünden Karayipler'e göç etmiş bir başka Portekiz Yahudisi olan yükseköğrenimli Juan Méndez Nieto'nun seçkin bir öğrencisi olmuş, büyücü ve ağzı bozuk biri olarak yaptığı kötü ününü de ondan almıştı, ama hiç kimse derin bilgisinden kuşku duymuyordu. Onun inanılmaz açıklamalarını ve alışılmadık yöntemlerini affetmeyen öteki hekimlerle olan çekişmeleri sürekli ve kanlıydı. Yılda bir kez alınarak insan sağlığına güç katıp hayatı uzatan bir hap bulmuştu, ama ilk üç gün insanın aklını öyle bir altüst ediyordu ki, kendisinden başka hiç kimse onu alacak cesareti bulamıyordu. Bir zamanlar, hastaları özel olarak bestelenmiş bir müzikle yatıştırmak için başuçlarında arp çalardı. Hep öğretmen bozuntularıyla berberlere özgü aşağı bir zanaat olarak gördüğü için cerrahlık yapmıyordu ve dehşet saçan uzmanlık alanı, hastalara ölüm günü ve saatini önceden ha-

29

ber vermekti. Yine de, iyi ünü de, kötü ünü de aynı kaynaktan besleniyordu: Dediklerine göre –ki bunu hiç kimse hiçbir zaman yalanlamamıştı– bir ölüyü diriltmişti. Abrenuncio, bütün deneyimine karşın, kuduz olayından heyecanlanmıştı. "İnsan bedeni, insanın yaşayabileceği yıllara göre yapılmış değil," dedi. Marki, onun bu tumturaklı ve renkli sözlerinin tek kelimesini bile kaçırmadı ve ancak hekimin söyleyecek başka bir şeyi kalmadığında konuşarak, "O zavallı adama ne yapılabilir?" diye sordu.

"Öldürülür," dedi Abrenuncio.

Marki, dehşetle baktı ona.

"En azından, iyi Hıristiyanlar olsaydık yapacağımız bu olurdu," diye hiç oralı olmadan konuşmasını sürdürdü hekim. "Hem hiç şaşırmayın, efendim, dünyada sanıldığından daha fazla iyi Hıristiyan var."

Aslında, kenar mahallelerde ya da kırsal kesimlerde olsun, kuduran yakınlarını hayatlarının son ânındaki korkunç eziyetten kurtarmak için yemeklerine zehir katma yürekliliğini gösteren, teni herhangi bir renkten, yoksul Hıristiyanları kastediyordu. Bir önceki yüzyılın sonlarında, bir ailenin bütün bireyleri, yalnızca beş yaşındaki bir çocuğu zehirleyecek cesareti kendilerinde bulamadıklarından, zehirli çorbayı hep birlikte içmişlerdi.

"Biz hekimlerin böyle şeylerden haberimiz olmadığı sanılıyor," diye sonuca vardı Abrenuncio. "Oysa hiç de öyle değil, ama onlara arka çıkacak ahlaki otoriteden yoksunuz. Buna karşılık, ölüm halindeki hastalara az önce gördüğünüz gibi davranıyoruz. Onları Aziz Huberto'ya havale edip bir direğe bağlıyoruz, daha da beter ve daha uzun süre can çekişsinler diye."

"Peki başka çare yok mu?" diye sordu marki.

"Kuduzun ilk saldırılarından sonra hiçbir çare yok," dedi hekim. Onu, ciğerotu, zincifre, miskotu, cıva, *Anagallis flore purpureo* gibi türlü formüllere dayalı, iyileştirilebilir bir hastalık olarak kabul eden gülünç araştırmalardan söz etti. "Fasa fiso," dedi. "Gerçek şu ki, kuduz bazılarına geçer, bazılarına geçmez; geçmeyenlere ilaçlar sayesinde geçmediğini söylemek de kolaydır." Hâlâ uyanık olup olmadığını anlamak için markinin gözlerine baktı, sonra şöyle sordu:

"Niçin bu kadar ilgilisiniz?"

"Acıdığım için," diye yalan söyledi marki.

Pencereden, öğle sonrası saat dörtteki hareketsizlik içinde durgunlaşmış olan denize baktı ve yüreği sıkışarak kırlangıçların geri dönmüş olduklarını fark etti. Rüzgâr henüz çıkmamıştı. Bir grup çocuk, balçıklı kumsalda yolunu kaybetmiş bir pelikanı taşlayarak avlamaya çalışıyordu; marki, surlarla çevrili kentin ışıltılı kubbeleri arasında gözden kaybolana kadar kuşun uçarak kaçmasını izledi.

Kupa arabası kentin kara yönündeki Yarım Ay kapısından surların içine girdi ve Abrenuncio, arabacıyı gürültü patırtı içindeki zanaatkârlar mahallesinden geçirerek evine varana kadar ona yolu gösterdi. Bu pek kolay olmamıştı. Neptuno yetmişini aşkındı, üstelik kararsızdı, gözleri iyi görmüyordu ve atın kendisinden daha iyi bildiği sokaklardan tek başına geçip gitmesine alışıktı. Sonunda eve vardıklarında Abrenuncio, kapıda durup Horatius'tan bir dizeyle vedalaştı.

"Ben Latince bilmem," diye özür diledi marki.

"Size gereği de yok!" dedi Abrenuncio. Ve elbette bunu da Latince söyledi.

Marki, o kadar etkilenmişti ki, eve döner dönmez ilk yaptığı şey, hayatının en acayip işi oldu. Neptuno'ya, San Lázaro tepesindeki ölü atı alıp kabristana gömmesini, ertesi gün erkenden de Abrenuncio'ya ahırındaki en iyi atı göndermesini emretti.

Bernarda, antimon müshillerinin verdiği geçici rahatlıktan sonra, içindeki yangını söndürebilmek için günde üç kereye kadar hafifletici lavmanlar ya da sinirlerini yatıştırmak için kokulu sabunlarla günde altıya varan sıcak banyolar yapıyordu. Artık yeni evlendiği zamanki halinden hiçbir şey kalmamıştı; o zamanlar sanki bir kâhinmişçesine verdiği yerinde kararlarla ticari serüvenler yaratmaktaydı ve çok da başarılıydı, ta ki Judas Iscariote'yi tanımak talihsizliğine uğradığı o uğursuz akşama kadar.

Bir rastlantı sonucu, bir panayır arenasında, neredeyse çırılçıplak ve kendisini koruyacak hiçbir şeyi olmaksızın, sırf bilek gücüyle bir güreş boğasıyla boğuşurken rastlamıştı ona. Öylesine yakışıklı ve korkusuzdu ki, onu hiç unutamamıştı. Günler sonra bir karnaval dansında yeniden gördü onu; kendisi, yüzü maskeli olarak dilenci kılığındaydı; altından ve değerli taşlardan gerdanlıklar, bilezikler, küpeler takmış markiz giysileri içindeki köleleri de çevresini sarmışlardı. Judas, meraklıların oluşturduğu bir halkanın ortasında kendisine her kim para verirse onunla dans ediyordu ve taliplerinin doymak bilmez iştahını yatıştırmak için ortalığı bir düzene koymak gerekmişti. Bernarda, kaç para olduğunu sordu, Judas da bir yandan dans ederken şöyle yanıt verdi:

"Yarım gümüş libre."

Bernarda, maskesini çıkararak, "Benim sorduğum, ömür boyu ne kadar olduğun," dedi.

Judas yüzü açıkken, onun göründüğü kadar dilenci olmadığını anlamıştı. Dans ettiği eşini bırakıp, değerinin fark edilmesi için bir denizci cakasıyla yürüyerek ona yaklaştı ve, "Beş yüz altın libre," dedi.

Bernarda, kuşkulu bir eksper gözüyle tarttı onu. Fok derisi gibi teni, kıvrım kıvrım gövdesi, daracık kalçaları, upuzun bacaklarıyla çam yarması gibiydi; yaptığı işi inkâr eden narin elleri vardı. Bernarda şöyle bir hesapladı:

"Boyun sekiz karış vardır."

"Üç parmak fazlasıyla," dedi Judas.

Bernarda, dişlerini incelemek için kafasını yakınına kadar eğdirdi; koltukaltlarından yayılan amonyak kokusu onu rahatsız etmişti. Dişleri eksiksizdi, sağlıklı ve düzgündü.

"Sahibin, birinin çıkıp seni bir at fiyatına satın alacağını düşünüyorsa, deli olmalı," dedi Bernarda.

"Ben özgürüm ve kendi kendimi satıyorum," diye karşılık verdi Judas. Sonra da anlamlı bir ses tonuyla sözünü noktaladı: "Hanımefendi."

"Markiz," diye düzeltti Bernarda.

Judas saraylara yakışır bir reverans yapınca Bernarda'nın soluğu kesilmişti; sonunda, istediği fiyatın yarısına satın aldı onu. "Sırf göz zevki için," diyordu. Buna karşılık onun özgürlük koşuluna ve boğayla gösterisini sürdürmesi için istediği zamana saygı göstermişti. Kendi odasının yakınında, daha önce seyisin olan bir odaya yerleştirdi onu; daha ilk geceden başlayarak, davet edilmeden geleceğinden emin olarak, kapıyı kilitlemeden, çırılçıplak beklemeye koyuldu. Ama içindeki ateşten rahat bir uyku uyuyamayarak iki hafta boyunca beklemesi gerekecekti.

Aslında Judas onun kim olduğunu ve evinin içini görünce, bir köle olarak belli bir uzaklık koymuştu araya. Yine de Bernarda onu beklemekten vazgeçip kapının sürgüsünü sürerek gömlekle yatmaya başlayınca, pencereden girdi içeri. Odanın, onun amonyaklı ter kokusuyla ağırlaşan havası uyandırmıştı Bernarda'yı. Kendisini karanlıkta el yordamıyla ararken bir Minotauros gibi solumasını, üzerine çöken gövdesinin sıcaklığını ve bir yandan kulağına, "Orospu, orospu," diye hırıldarken, gömleğini yakasından kavrayarak boydan boya yırtan pençe gibi ellerini hissetti. O geceden sonra Bernarda, ömrü boyunca başka hiçbir şey yapmak istemediğini anlamıştı. Onun için deli oluyordu. Geceleri kenar mahallelerdeki danslı halk eğlencelerine gidiyorlardı. Judas, Bernarda'nın ona kendi zevkine göre satın aldığı redingot ve melon şapkayla beyefendiler gibi giyiniyordu; Bernarda ise, önceleri herhangi bir kılığa girerken, sonradan kendi yüzüyle gitmeye başlamıştı. Onu altından zincirler, yüzükler, bileziklerle kaplayıp dişlerine elmas kakmalar yaptırmıştı. Önüne gelenle yattığının farkına vardığında öleceğini sandı, ama sonunda artıklara razı oldu. Dominga de Adviento'nun, Bernarda'nın şekerkamışı cenderesinin başında olduğunu sanarak öğle uykusu saatinde yatak odasına girip Judas'la yerlerde anadan doğma sevişirken yakaladığı zamanlardı onlar. Köle kadın, eli kapının tokmağında, şaşırmaktan çok ne yapacağını bilemez durumda kalakalmıştı.

"Öyle ölü gibi durmasana orada!" diye bağırdı Bernarda. "Ya git ya da gel yanımıza yat."

Dominga de Adviento, Bernarda'da bir şamar etkisi yapan bir kapı çarpmasıyla çıkıp gitti. Bernarda, o gece onu çağırtarak, gördükleriyle ilgili herhangi bir yorumda bulunacak olursa feci cezalara çarptırmakla tehdit etti.

"Kaygılanmayın saygıdeğer hanımefendi," dedi köle. "Bana istediğinizi yasaklayabilirsiniz, ben de yerine getiririm." Sonra da ekledi: "Ama düşünmemi yasaklayamazsınız."

Markinin haberi olduysa da güzelce anlamazlıktan geldi. Sonuçta, eşiyle arasında kalan ortak tek şey Sierva María'ydı ve ona kendi kızıymış gibi değil, yalnızca onun kızıymış gözüyle bakıyordu. Bernarda ise, bunu düşünmüyordu bile. Kızını öylesine unutmuştu ki, şekerkamışı değirmenindeki uzun dönemlerinden birinden geri döndüğünde onu o kadar büyümüş ve farklı görünce, başkasıyla karıştırmıştı. Kızı yanına çağırıp incelemiş, hayatıyla ilgili sorular sormuş, ama ağzından tek bir söz bile alamamıştı. "Tıpkı baban gibisin," demişti ona. "Anormalin tekisin."

İşte, markinin Amor de Dios Hastanesi'nden dönüp, evde dizginleri sımsıkı ele alma kararını Bernarda'ya bildirdiği gün, her ikisi de böyle bir ruhsal durum içindeydiler. Markinin telaşlı halinde, Bernarda'yı karşılık vermekten alıkoyan öfkeli bir şey vardı.

Markinin yaptığı ilk iş, kızına, markiz büyükannesinin yatak odasını geri vermek oldu; Bernarda, kölelerle birlikte yatsın diye çıkarmıştı onu oradan. Bir zamanların ihtişamı, bir toz tabakasının altında olduğu gibi duruyordu: bakır parçalarının ışıltısı yüzünden hizmetkârların altından yapılmış sandıkları şahane yatak; duvak tülünden cibinlik; şeritlerle süslü zengin yatak takımları; ak mermerden lavabo ile tuvalet masasının üzerine özenle dizilmiş türlü türlü parfüm ve kozmetik şişeleri; porselenden oturak, tükürük hokkası ve kusma leğeni; romatizmadan çarpılmış o yaşlı kadının, sahip olamadığı kızı ve hiç görmediği torunu için hayalini kurduğu bir düş dünyasıydı burası.

Köleler yatak odasını yeniden hayata döndürürlerken, marki de evin içinde kendi yasalarını koymakla uğraşıyordu. Kemerlerin gölgesinde uyuklayan köleleri kovalamış, ihtiyaçlarını bir daha köşelerde görecek ya da kapalı odalarda talih oyunları oynayacak olurlarsa, kırbaç ve bodrumda hapis cezasına uğrayacaklarını söyleyerek gözdağı vermişti. Bunlar yeni kurallar değildi. Yönetimin Bernarda'da olup Dominga de Adviento tarafından uygulandığı zamanlar çok daha sert bir biçimde yerine getirilirdi; marki bile herkesin içinde, o tarihî yargısını alaya alırdı: "Bizim evde, ben neye itaat ediyorsam o yapılır." Ama Bernarda kakao bağımlılığı batağına saplanıp Dominga de Adviento da ölünce, köleler büyük bir gizlilik içinde yeniden içeri sızmışlardı; ilk önce ufak tefek işlerde yardım etmek için bebeleriyle birlikte kadınlar, sonra da koridorların serinliğini arayan işsiz güçsüz erkekler. Tam bir çöküntü halindeki Bernarda, karınlarını sokakta dilenerek doyursunlar diye onları evden dışarı yolluyordu. Bir buhran zamanında, ev işlerine bakan üç-dört tanesi dışında hepsini azat etmeye karar vermiş, ama marki saçma bir nedenle karşı koymuştu:

"Açlıktan öleceklerse, o uzak yerlerde değil, burada ölsünler daha iyi."

Sierva María'yı köpek ısırdığında ise, bu kadar kolay formüllere bağlanıp kalmadı. En otoriter ve en güvenilir gördüğü bir köleyi yetkili kılarak, sertliği Bernarda'yı bile şaşırtan birtakım emirler yağdırdı. İlk gece ev, Dominga de Adviento'nun ölümünden beri ilk kez bir düzene girdiğinde, gidip Sierva María'yı kölelerin barakasında, farklı düzeylerde çaprazlama bağlanmış hamaklarında uyuyan yarım düzine zenci kızın arasında buldu. Yeni yönetimin kurallarını bildirmek için hepsini birden uyandırdı.

"Bugünden böyle kızım evde yaşayacak," dedi onlara. "Burada da, tüm krallıkta da bilinsin ki, onun yalnızca bir tek ailesi var, o da yalnızca beyazlardan oluşuyor."

Kucağına alıp yatak odasına götürmeye kalktığında kız direndi; dünyada erkeklerin düzeninin hüküm sürdüğünü ona anlatması gerekmişti. Büyükannesinin yatak odasına vardıklarında, kölelerin bezden gömleğinin yerine ona bir gecelik giydirirken ağzından tek söz almayı başaramadı. Bernarda, kapıda durmuş onları seyrediyordu: Marki, yatağa oturmuş, yepyeni iliklerden bir türlü geçmeyen gecelik düğmeleriyle boğuşuyor, kız ise, karşısında ayakta durmuş, hiç umursamadan ona bakıyordu. Bernarda, kendini tutamadı.

"Neden evlenmiyorsunuz?" diye alay etti. Marki oralı olmayınca, daha da ileri gitti: "Sirklere satmak için tavuk ayaklı küçük Kreol markizleri doğurmak, hiç de fena bir iş olmazdı."

Aslında onun içinde de bir şeyler değişmişti. Gülmesindeki gaddarlığa rağmen yüzünde pek de o kadar acı bir ifade taşımıyordu; vefasızlığının derinliklerinde de, markinin fark edemediği bir merhamet kalıntısı vardı. Marki, onun uzaklaştığını hisseder etmez, kıza şöyle dedi:

"O, murdar domuzun teki." Kızda bir ilgi kıvılcımı çaktığını hissetti. "Murdar ne demek, biliyor musun?" diye sordu, yanıt versin diye içi giderek.

Sierva María, yanıt vermeye yanaşmadı. Ona bakmak lütfunda bile bulunmadan, kendisini yatırmasına, başını kuştüyü yastıklara yerleştirmesine, sedir ağacından sandığın mis gibi kokusu sinmiş keten çarşafı dizlerine örtmesine ses çıkarmadı. Marki, vicdanının titrediğini hissetti:

"Uyumadan önce dua eder misin?"

Kız, ona bakmadı bile. Hamakta yatmaktan gelen bir alışkanlıkla ana rahmindeki gibi kıvrılıp yerleşerek iyi geceler dilemeden uyuyakaldı. Marki, uyurken yarasalar kanını emmesinler diye cibinliği büyük bir dikkatle örttü. Saat ona geliyordu ve kölelerin kovulmalarıyla ferahlamış olan evin içinde yandaki delilerin korosu dayanılmaz bir biçimde duyuluyordu.

Markinin çoban köpeklerini salıvermesiyle hayvanlar, büyükannenin yatak odasına doğru ok gibi fırlayarak, soluk soluğa kesik kesik havlamalarla kapıların aralıklarını koklamaya başladılar. Marki, parmaklarının ucuyla başlarını okşayarak onları müjdeli haberle yatıştırdı:

"Sierva geldi, bu geceden sonra artık bizimle birlikte oturacak."

Gecenin saat ikisine kadar şarkı söylemeyi sürdüren deliler yüzünden marki, hem az hem de kötü bir uyku uyumuştu. Horozların ötmeye başlamasıyla yataktan kalkar kalkmaz yaptığı ilk iş, kızının odasına gitmek oldu; ama kız orada değil, kölelerin bölümündeydi. Sierva María'nın en yakınında yatan köle kız korkuyla uyandı. Onun bir şey sormasına fırsat vermeden, "Kendi gelmiş, efendim," dedi. "Ben farkına bile varmadım."

Marki bunun doğru olduğunu biliyordu. Sierva María'yı köpek ısırdığında yanında hangisinin bulunduğunu soruşturdu. İçlerindeki tek melez olan Caridad del Cobre adındaki kız, korkudan tir tir titreyerek çıktı ortaya. Marki onu yatıştırdı.

"Sanki Dominga de Adviento'ymuşsun gibi ilgilen onunla," dedi kıza.

Sonra da görevlerini anlattı. Onu bir an bile gözden kaçırmamasını, ona sevgi ve anlayış göstermesini ama fazla hoşgörülü olmamasını tembih etti. En önemlisi, kölelerin avlusuyla evin geri kalan bölümü arasına yaptıracağı dikenli çiti aşmamasıydı. Her sabah kalkar kalkmaz ve gece yatmadan önce, daha kendisi sormadan ona ayrıntılı bir rapor vermek zorundaydı.

"Ne yaptığına ve nasıl yaptığına iyice dikkat et," diye sözlerini tamamladı. "Bu emirlerimin yerine getirilmesinden sorumlu tek kişi sen olacaksın."

Marki, sabahın saat yedisinde, köpekleri kafeslerine kapattıktan sonra kalkıp Abrenuncio'nun evine gitti. Kapıyı hekimin kendisi açtı çünkü ne köleleri vardı ne de hizmetkârları. Marki, hak ettiğine inandığı biçimde kendi kendine sitem ederek, "Bu saatte ziyarete gelinmez," dedi.

Hekim, kendisine az önce gönderilen at için şükran duygularıyla kalbini açtı markiye. Onu avludan geçirerek, demirci ocağının yıkıntılarından başka bir şeyi kalmamış eski bir nalbant bölümünün sundurmasına götürdü. İki yaşında güzel bir doru at, doğup büyüdüğü yerlerden uzakta huzursuz görünüyordu. Abrenuncio, bir yandan kulağına Latince boş vaatlerde bulunurken, yanaklarına eliyle hafifçe vurarak yatıştırdı onu.

Marki, ölen atın, Amor de Dios Hastanesi'nin, kolera salgını sırasında zenginlerin mezarlığı olarak kullanılmış olan eski sebze bahçesine gömüldüğünü anlattı. Abrenuncio, aşırı bir lütuf olarak gördüğü bu iyiliğe teşekkürler etti. Konuşurlarken, markinin konunun biraz dışında kaldığını fark etmişti. Marki hiçbir zaman ata binmeye cesaret edemediğini itiraf etti ona.

"Atlardan da, tavuklardan korktuğum kadar korkarım," dedi.

"Ne yazık çünkü atlarla olan iletişimsizlik yüzünden insanlık geri kalmıştır," dedi Abrenuncio. "Bu iletişimsizliği bir kez olsun kırabilseydik, kentaur[1] yaratabilirdik."

Engin denizlere açılan iki pencerenin aydınlattığı evin içi, müzmin bir bekârın kötü bir alışkanlık halini almış aşırı süs merakına göre düzenlenmişti. İnsanı tıbbın gücüne inanmaya iten güzel bir balsam kokusu evin her yanına sinmişti. Üzeri derli toplu bir yazı masası ve Latince etiketler taşıyan porselen kavanozlarla dolu bir vitrin vardı. Tedavi amaçlı arp, üzeri altın renkli bir tozla örtülü olarak bir köşeye atılmış duruyordu. En önemlisi

---

1. Yunan mitolojisinde at adamlar. Yarı insan, yarı hayvan bedenli yaratıklardır. (Ç.N.)

de, pek çoğu Latince olan, sırtları bezemeli kitaplardı. Vitrinler ve açık raflar kitaplarla doluydu, bazıları da büyük bir dikkatle yerlere yığılmıştı ve hekim, bu kâğıt yığınları arasındaki dar geçitlerden, güller arasında dolaşan bir gergedan rahatlığıyla geçiyordu. Marki, onca kitaptan bunalmıştı.

"Bilinen her şey bu odada olsa gerek," dedi.

"Kitaplar hiçbir işe yaramıyor," diye karşılık verdi Abrenuncio, keyifle. "Öteki hekimlerin ilaçlarıyla neden oldukları hastalıkları iyileştirmeme şimdiye kadar hep hayat yardım etti."

Her zaman kendi oturduğu büyük koltuğun üzerinde uyuyan kediyi, markinin oturması için kaldırdı. Simyacı ocağında kendi elleriyle hazırladığı demli bir fincan kokulu ot ikram etti ona; bir yandan da tıbbi deneyimlerini anlattı durdu, ta ki markinin ilgisini kaybettiğini fark edene kadar. Gerçekten de marki, birdenbire yerinden kalkarak ona arkasını dönmüş, pencereden azgın denizi seyrediyordu. Sonunda, sırtı hep ona dönük olarak, söze başlama cesaretini buldu kendinde.

"Sayın diplomalı hekim," diye mırıldandı.

Abrenuncio, böyle bir hitap beklemiyordu.

"Ha?"

"Hekimlik gizliliğinin güvencesi altında ve yalnızca sizin bilginiz dahilinde kalmak üzere, söylenilenlerin doğru olduğunu itiraf ediyorum," dedi marki, ciddi bir ses tonuyla. "O kuduz köpek kızımı da ısırdı."

Dönüp hekime baktı ve onun sakin yüzüyle karşılaştı.

"Biliyordum," dedi hekim. "Ve bu yüzden bu kadar erken saatte geldiğinizi tahmin ediyorum."

"Öyle," dedi marki. Sonra da hastanedeki kuduz olayında sormuş olduğu aynı soruyu tekrarladı: "Ne yapabiliriz?"

Abrenuncio, bir gün önceki acımasız yanıtının yerine, Sierva María'yı görmek istediğini söyledi. Markinin de ondan isteyeceği buydu zaten. O halde niyetleri aynıydı ve araba onları kapıda bekliyordu.

Eve vardıklarında marki, Bernarda'yı, tuvalet masasında oturmuş, son kez sevişmiş oldukları ve kendisinin çoktan belleğinden sildiği uzak yıllardaki işvesi içinde taranır buldu. Odanın içine sabunlarının mis gibi ilkbahar kokusu sinmişti. Kocasını aynadan görünce, hırçınlaşmadan sordu ona:

"Biz kimiz ki ona buna at hediye ediyoruz?"

Marki, onunla konuşmaktan kaçınarak darmadağınık yatağın içinden gündelik giysisini alıp Bernarda'nın üzerine attı ve onunla ilgilenmeden emretti:

"Hemen giyinin, doktor burada."

"Tanrı beni korusun," dedi Bernarda.

"Gerçi ihtiyacınız var ama sizin için gelmedi," diye karşılık verdi marki. "Kız için geldi."

"Ona bir yardımı olamaz," dedi Bernarda. "Ya ölür ya da ölmez; başka bir seçenek yok." Ama merakı baskın çıkmıştı: "Gelen kim?"

"Abrenuncio," diye yanıtladı marki.

Bernarda çok sinirlenmişti. Aile onurunu sinsi bir Yahudinin ellerine terk etmektense, o haliyle, yalnız ve çırılçıplak ölmeyi yeğlerdi. Abrenuncio, babasının evinde hekimlik yapmıştı ve onu uzaklaştırmışlardı çünkü kendi tanılarını övmek için hastalarının durumunu ortalığa yayardı. Marki, karısına diklendi:

"Siz istemeseniz de, hele ben büsbütün istemesem de, siz onun anasısınız," dedi. "Bu kutsal hak nedeniyle sizden muayeneye izin vermenizi istiyorum."

"Canınız ne isterse onu yapın, umurumda değil," dedi Bernarda. "Ben ölmüşüm."

Beklenilenin tersine kız, kurulu bir oyuncağı seyrediyormuşçasına bir merakla, bedeninin özenle muayene edilmesine hiç şımarıklık etmeden razı oldu. "Biz hekimler, ellerimizle görürüz," dedi Abrenuncio. Bu söz kızın hoşuna gitmişti, ilk kez gülümsedi ona.

Sağlıklı olduğu besbelliydi çünkü kaderine terk edilmiş havasına rağmen, mutlu bir serpilmenin ilk filizlerini verdiği, neredeyse gözle görülmez altın sarısı incecik tüylerle kaplı, oranlı bir bedeni vardı. Dişleri kusursuz, gözleri keskin, ayakları bakımlı, elleri becerikliydi ve saçının her bir teli, uzun bir yaşamın belirtisiydi. Sinsi sorulara cesaret ve kendine güvenle yanıt verdi; bu yanıtların hiçbirinin doğru olmadığını keşfedebilmek için onu fazlasıyla iyi tanıyor olmak gerekiyordu. Ancak hekim ayak bileğindeki önemsiz yara izini bulduğunda gerginleşti. Abrenuncio'nun kurnazlığı onunkine baskın çıkmıştı:

"Düştün mü?"

Kız, gözünü bile kırpmadan doğruladı.

"Salıncaktan."

Hekim, kendi kendine Latince konuşmaya başladı. Marki sözünü kesti:

"*Ladino*[1] olarak söylesenize."

"Size söylemiyordum," dedi Abrenuncio. "Latince yazı dilinde düşünürüm de."

Sierva María, Abrenuncio'nun kurnazlıklarına bayılmıştı. Sonunda onu dinlemek için kulağını göğsüne dayadığında, kalbi deli gibi çarpmaya başladı; teninden belli belirsiz bir soğan kokusuyla karışık, buz gibi soğuk, hafif bir ter yayılmıştı. Muayene sona erdiğinde hekim, kızın yanağına sevecenlikle hafifçe vurarak, "Sen çok cesursun," dedi.

Markiyle baş başa kaldıklarında kızın, köpeğin ku-

1. 1492'de İspanya'dan kovulan Yahudilerin konuştukları, İspanya kökenli Romen dili. (Ç.N.)

duz olduğunu bildiğini söyledi ona. Marki bir şey anlamamıştı.

"Size pek çok yalan attı," dedi, "ama öyle bir şey söylemedi."

"Kendisi söylemedi efendim," dedi hekim. "Yüreği söyledi, tıpkı kafese kapatılmış minik bir kurbağa gibi çırpınıyordu."

Marki, kızının şaşırtıcı daha başka yalanlarını uzun uzun sayıp döktü, bundan üzüntü değil, baba olarak belirli bir kıvanç duyuyordu. "Belki de şair olacaktır," dedi ama Abrenuncio, yalanın, sanatın bir koşulu olduğunu kabul etmedi.

"Yazı ne kadar saydam olursa, şiirsellik o kadar çok kendini gösterir," dedi.

Hekimin yorumlayamadığı tek şey, kızın terindeki soğan kokusu olmuştu. Herhangi bir kokuyla kuduz hastalığı arasında bildiği hiçbir ilgi olmadığı için, bunu bir belirti olarak görmeyip üzerinde durmadı. Daha sonra, Caridad del Cobre'nin markiye açıkladığına göre, Sierva María, kendini kölelerin bilimsel uygulamalarına gizlice teslim etmiş, onlar da ona *manajú*[1] yakısı çiğnetmişler ve köpeğin yaptığı kötülüğün etkisini bozmak için onu bodrumdaki soğan deposuna çırılçıplak kapatmışlardı.

Abrenuncio, kuduzun en küçük bir ayrıntısını bile hafifletmeye kalkışmadı. "Isırık ne kadar derin ve beyne ne kadar yakınsa, ilk belirtiler o kadar tehlikeli ve hızlı olur," dedi. Aradan beş yıl geçtikten sonra ölen, ama acaba sonradan farkına varmadan aldığı bulaşıcı bir hastalıktan mı öldü kuşkusunu ardında bırakan bir hastasını hatırlattı. Yaranın çabuk kabuk bağlaması bir anlam taşımıyordu; öngörülemeyen bir sürenin sonunda yara izi

1. Amerika'da yetişen bir ağaç. (Ç.N.)

kabarıp yeniden açılarak işleyebilirdi. Sonunda hastanın can çekişmesi öyle korkunç oluyordu ki ölse daha iyiydi. O halde yapılabilecek tek akıllıca iş, mezhep sapkınlarıyla ve cin çarpıp kuduranlarla başa çıkmakta usta Senegallilerin bulunduğu Amor de Dios Hastanesi'ne başvurmaktı. Yoksa marki bizzat kendisi, kızını ölene kadar yatağa zincirlenmiş olarak tutmaya mahkûm olmayı kabullenmek zorunda kalacaktı.

"Bunca yıllık insanlık tarihinde," diye sözlerini tamamladı, "hiçbir kuduz hastası, nasıl olduğunu anlatacak kadar uzun yaşamamıştır."

Marki, ne kadar ağır olursa olsun, katlanamayacağı hiçbir zorluk olamayacağına karar verdi. O halde kızı, kendi evinde ölecekti. Hekim saygıdan çok acıma ifade eden bir bakışla takdirlerini belirtti.

"Sizden ancak böyle bir âlicenaplık beklenebilirdi efendim," dedi. "Ruhunuzun buna dayanacak cesareti bulacağından kuşkum yok."

Koyduğu tanıda telaşa düşecek bir şey olmadığını bir kez daha ısrarla belirtti. Kızın yarası, en tehlikeli bölgeden uzaktaydı ve kanadığını hiç kimse hatırlamıyordu. En büyük olasılık, kuduzun Sierva María'ya bulaşmamasıydı.

"Peki bu arada ne yapmalı?" diye sordu marki.

"Bu arada," dedi Abrenuncio, "ona müzik çalın, evi çiçeklerle donatın, kuşların ötmesini sağlayın, denizde gurubu seyretmeye götürün, onu mutlu edebilecek ne varsa yapın." Sonra da şapkasını havada şöyle bir döndürerek, Latince bir özdeyişle vedalaşıp gitti. Ama bu kez markinin hatırı için çevirisini de yapmıştı: "Mutluluğun iyi edemediğini iyileştirecek ilaç yoktur."

İki

Markinin böylesine miskin bir duruma nasıl düştüğü ve hayatını huzurlu bir dul olarak geçirmeye kararlı olduğu halde böylesine uyumsuz bir evliliği neden yürüttüğü hiçbir zaman anlaşılamamıştı. Oysa efendisi kral hazretlerinin onur payeleriyle avantaları esirgemediği ve haksızlıklara uğratmadığı, Santiago şövalyesi ve astığı astık kestiği kestik bir derebeyi ve gaddar bir komutan olan babası birinci markinin sınırsız gücü sayesinde ne istese olabilirdi.

Birinci markinin tek mirasçısı olan Ygnacio, hiçbir özelliğin belirtilerini taşımıyordu. Bazı zihinsel gerilik işaretleri vererek büyüyüp ileri yaşlara kadar okuma yazması olmadan yaşamıştı ve o zamana kadar kimseyi sevmemişti. Yirmi yaşına geldiğinde kendini gösteren ilk hayat belirtisi, şarkılarıyla çığlıkları çocukluğunun ninnilerini oluşturmuş olan Divina Pastora Tımarhanesi hastalarından birine âşık olup onunla evlenmek istemesi olmuştu. Kızın adı Dulce Olivia'ydı. Sarayda saraçlık yapan bir ailenin tek kızıydı ve neredeyse iki yüzyıllık bir geleneğin kendisiyle birlikte sona ermemesi için koşum takımları yapma sanatını öğrenmek zorunda kalmıştı. Zaten aklını kaçırması da, alışılmadık bir biçimde böyle bir erkek işine sokulmasına yorulmuştu; üstelik öyle berbat bir durumdaydı ki, ona kendi pisliklerini yememeyi öğretmek oldukça zor olmuştu. Bunun dışında, aklı oldukça kıt bir Kreol markisi için hiç de fena bir eş sayılmayabilirdi. Dulce Olivia'nın kıvrak bir zekâsı, iyi huyları vardı; deli olduğunu anlamak da kolay değildi. Genç Ygnacio, daha ilk gördüğü gün terastaki kargaşanın içinde onu ötekilerden ayırt edebilmiş, aynı gün işaretlerle anlaşmışlardı. Kız, ona kâğıttan kuşlar içinde mesajlar yolluyordu. Ygnacio, onunla yazışabilmek için okuma yazma öğrendi ve bu, hiç kimsenin anlamak istemediği gerçek bir tutkunun başlangıcı oldu. Dehşete kapılan birinci marki, halka bir açıklama yaparak olayı yalanlaması için oğluna gözdağı verdi.

"Bu yalnızca doğru olmakla kalmıyor," diye karşılık verdi Ygnacio, "aynı zamanda evlenme önerisinde bulunmak için onun iznini de aldım."

Kızın deli olduğu ileri sürülünce de, verdiği yanıt şu oldu:

"Düşüncelerini kabullenecek olursanız, hiçbir deli, deli değildir."

Bunun üzerine babası, kullanmaya asla yanaşmayacağı efendilik yetkileri vererek onu çiftliğine sürdü. Ygnacio için yaşarken ölmek gibi olmuştu bu; çünkü tavuklar dışında bütün hayvanlardan ödü patlardı. Ama çiftlikte canlı bir tavuğu yakından gözlemlediğinde, onu bir inek büyüklüğünde hayal etmiş ve karadaki ya da sudaki herhangi bir hayvandan çok daha korkulacak bir canavar olduğunu fark etmişti. Karanlıkta buz gibi terler döküyor, ahırların ürkütücü sessizliği yüzünden gece yarısı havasızlıktan boğulur gibi uyanıyordu. Yatak odasının önünde sabaha kadar gözünü kırpmadan bekleyen çoban köpeği, bütün öteki tehlikelerden daha fazla tedirgin ediyordu onu. Bir keresinde şöyle demişti: "Hayatta olmaktan korkarak yaşıyorum." İşte bu sürgün hayatında kazanmıştı o hüzünlü görünümünü, çekingen tavırlarını, düşünceli halini, uyuşuk hareketlerini, ağır ağır konuşmasını ve sanki onu bir inziva hücresine mahkûm eden o mistik eğilimini. Sürgünde birinci yılını tamamladığında bir gece, kabarmış ırmakların sesini andıran bir hışırtıyla uyandı: Çiftlikteki hayvanlar ahırlarını terk ederek, dolunayın altında tam bir sessizlik içinde kırlara doğru uzaklaşıyorlardı. Önlerine, otlaklarla sazlıkların, sel yataklarıyla sulak çayırların içinden dümdüz ilerlemelerini engelleyecek ne çıkarsa, sessizce yıkıyorlardı. En önde büyükbaş hayvan sürüleriyle yük ve binek atları, daha arkadan da domuzlar, koyunlar ve kümes hayvanları, ürkütücü bir biçimde tek sıra halinde yürüyerek gecenin içinde gözden kayboldular. Güvercinler de dahil olmak üzere uzun uçuşlu kuşlar bile, yürüyerek çekip gitmişlerdi. Sabah olduğunda yalnızca çoban köpeği, hâlâ efendisinin yatak odasının önündeki nöbet yerindeydi. Markinin onunla ve evde onu izleyen pek çok başka çoban köpeğiyle sürdürdüğü neredeyse insanca dostluğun başlangıcı olmuştu bu.

Malikânenin ıssızlığından dehşete kapılan genç Ygnacio, aşkından vazgeçerek babasının isteklerine boyun eğdi. Babası ise, bu aşk özverisiyle yetinmemiş, İspanya'nın ileri gelenlerinden birinin mirasçısıyla evlenmesini de vasiyetnamesine koşul olarak koymuştu. İşte debdebeli bir düğünle Doña Olalla de Mendoza'yla evlenmesi böyle olmuş, pek çok büyük yetenekleri olan bu son derece güzel kadını, ona bir evlat sahibi olma lütfunu bağışlamamak için bakire olarak bırakmıştı. Daha sonra da, doğduğundan beri hep yaptığı gibi, hiçbir işe yaramaz bir bekâr olarak yaşamayı sürdürdü.

Doña Olalla de Mendoza, onu insan içine çıkarmıştı. Bir görev yerine getirmekten çok kendilerini göstermek için pazar ayinine gidiyorlardı; Doña Olalla, üzerinde kat kat volanlı etekliği ve göz kamaştırıcı güzellikteki pelerini, başında bembeyaz dantelden kolalı şapkasıyla ve maiyetindeki ipekli giysiler içinde ve altınlarla örtülü köleleriyle birlikte giderdi. En çıtkırıldımların bile kilisede kullandıkları terliklerin yerine, inci bezemeli uzun deri botlar giyerdi. Marki ise, demode perukalar ve zümrütlü düğmeler kullanan öteki ileri gelenlerin tersine, pamuklu giysilerle yumuşak bir takke giymeyi yeğlerdi. Yine de, toplumsal hayata olan korkusunu asla yenemediğinden, bu tür toplantılara hep zorlanarak katılıyordu.

Doña Olalla, Segovia'dayken Scarlatti Doménico' nun öğrencisi olmuş, okullarda ve manastırlarda müzik ve şan dersi vermesini sağlayacak iyi dereceli bir diploma almıştı. Oradan parçalar halinde getirip kendi kurduğu bir klavsen ve büyük bir ustalıkla çalıp öğrettiği çeşit çeşit telli çalgılarla birlikte gelmişti. Evde, İtalya'dan, Fransa'dan, İspanya'dan en yeni havalarla akşamları şenlendiren bir öğrenci topluluğu kurmuştu; bu topluluğun ilahilerden esinlendiği söyleniyordu.

Marki, müzik konusunda son derece yeteneksiz görünüyordu. Fransızlara özgü bir tanımlamayla, onda sanatçı elleri, ama topçu kulağı olduğu söyleniyordu. Yine de daha çalgıların ambalajlarının açıldığı gün, çift sıra akort anahtarlarının acayipliği, diyapazonunun büyüklüğü, tellerinin sayısı ve sesinin duruluğu nedeniyle bir İtalyan tiorba'sı[1] dikkatini çekmişti. Doña Olalla, bu çalgıyı kendisi kadar iyi çalması için kolları sıvadı. Sabahlarını, meyve bahçesindeki ağaçların altında kırık dökük alıştırmalarla geçiriyorlardı; Doña Olalla sabır ve sevgiyle, marki ise bir taş yontucusunun inatçılığıyla, ta ki dize gelen madrigal daha fazla acı çektirmeden onlara teslim olana kadar.

1. Lavta ailesinden eski bir telli çalgı. (Ç.N.)

Müzik, evliliklerinde öyle bir uyum sağlamıştı ki, Doña Olalla, eksikliğini duyduğu adımı da atma cesaretini buldu kendinde. Fırtınalı bir gecede, belki de duymadığı bir korkuyu duyuyormuş gibi yaparak, el değmemiş kocasının odasına gitti.

"Bu yatağın yarısının sahibi benim," dedi, "onu almaya geldim."

Marki, Nuh diyor peygamber demiyordu. Yine de onu iyilikle ya da zor kullanarak yola getireceğinden emin olan Doña Olalla, niyetinden şaşmadı. Ama hayat onlara fırsat vermeyecekti. Bir 9 Kasım günü, hava tertemiz, gökyüzü de masmavi ve bulutsuz olduğundan portakal ağaçlarının altında düet yaparlarken, birden çakan bir şimşeğin gözlerini kamaştırmasıyla, deprem olurcasına bir çatırtı akıllarını başlarından almış ve Doña Olalla yıldırım çarpmasıyla yere yığılmıştı.

Şaşkınlık içinde kalan kent halkı, bu faciayı, itiraf edilemez bir günah karşısında ilahi öfkenin patlak vermesi biçiminde yorumladı. Marki, kraliçelere yaraşır bir cenaze töreni yapılmasını buyurmuş ve ilk kez bu tören sırasında artık hep üzerinde taşıyacağı siyah bantlarla yas renkleri içinde ortaya çıkmıştı. Kabristandan dönüşte, meyve bahçesindeki portakal ağaçlarının üzerine yağmış kâğıttan kuşları görünce şaşkına döndü. İçlerinden rasgele birini yakalayıp açarak okudu: O, benim yıldırımımdı.

Marki, cenazenin ardından daha dokuzuncu gün dualarının okunması sona ermeden, mirasının büyük bir bölümünü oluşturan taşınmaz malları kiliseye bağışlamıştı. Bunlar Mompox'ta bir hayvan çiftliği, Ayapel'de bir başkası, oradan yalnızca iki fersah uzaklıktaki Mahates'te, içinde pek çok damızlık ve binek atı sürüleri bulunan iki bin hektarlık bir arazi, bir tarım çiftliği, bir de Karayip kıyılarının en iyi şekerkamışı değirmeniydi. Yine de, servetinin asıl efsanesi, belleklerdeki hayalî sınırları

La Guaripa bataklıklarının ve ta Urabá'daki mangrov ormanlarına kadar uzanan La Pureza ovalarının ötelerinde kaybolan uçsuz bucaksız boş bir arazinin üzerine kuruluydu. Elinde tuttuğu tek şey, hizmetkârlar avlusu olabildiğince küçültülmüş haliyle derebeylik malikânesi ve Mahates'teki şekerkamışı değirmeniydi. Evin yönetimini Dominga de Adviento'ya bırakmıştı. Birinci markinin vermiş olduğu arabacılık payesini yaşlı Neptuno'nun elinden almamış, az da olsa malikânenin ahırlarından geriye kalanların bakımını da ona vermişti.

Atalarının o kasvetli malikânesinde ilk kez tek başına kaldığında, bütün soylu Kreollerde doğuştan var olan, uykudayken köleleri tarafından katledilecekleri korkusu yüzünden karanlıkta zorlukla uyuyabiliyordu. Ansızın uyanıveriyor, tepe pencerelerinden bakan ışıltılı gözlerin bu dünyadan mı, öbür dünyadan mı olduğunu bilemiyordu. Ayaklarının ucuna basa basa kapıya gidip aniden açıyor ve anahtar deliğinden kendisini gözetleyen bir zenciyi suçüstü yakalıyordu. Onların, çırılçıplak ve yakalayamasınlar diye hindistancevizi yağına bulanmış bir halde koridorlardan kaplan adımlarıyla kayıp gittiklerini hissediyordu. Bir ara da onca korkudan ne yapacağını bilemez halde, ışıkların şafak sökene kadar yanar bırakılmasını emretmiş, boş alanları yavaş yavaş ele geçiren köleleri atarak, savaş oyunları öğretilmiş ilk çoban köpeklerini almıştı eve.

Evin ana kapısı kapatılmıştı. Kadifeleri nem yüzünden pis pis kokan Fransız mobilyalarını atarak, goblenleri, porselenleri ve bazı saatçilik şaheserlerini satmışlar, tamtakır bırakılmış yatak odalarında sıcağa dayanabilmek için dulavratotundan örülmüş hamaklarla yetinmişlerdi. Marki kiliseye ödenecek haraçlarda dakikliğini sürdürmesine rağmen, bir daha ne ayine ne de dualara katılmış, ne ayin alaylarında İsa Peygamber'in sayvanını taşımış, ne bayramları kutlamış ne de oruç tutmuştu. Ağustos sıcakları yüzünden bazen yatak odasına, hemen her zaman da meyve bahçesindeki portakal ağaçlarının altına kurulu olan hamağına sığınmıştı. Yandaki deliler, ona mutfak artıkları atıyorlar, açık saçık denebilecek sözlerle bağırıyorlardı, ama yönetim, ona bir iyilik yaparak tımarhaneyi başka bir yere taşımayı önerdiğinde, delilere duyduğu şükran borcu yüzünden reddetti.

Talibinden yüz bulamamanın perişanlığı içindeki Dulce Olivia, hiçbir zaman olamadığı şeyin özlemiyle avutuyordu kendini. Fırsat buldukça Divina Pastora'nın meyve bahçesi tarafındaki küçük kapıların birinden kaçıyordu. Çoban köpeklerini sevgi gösterileriyle yola getirerek kendine bağlamıştı ve uyku saatlerini asla sahip olamadığı evin bakımını üstlenerek, uğur getirsin diye ortalığı fesleğen süpürgesiyle süpürmek ve sivrisinekleri kaçırsın diye yatak odalarına dizi dizi sarmısaklar asmakla geçiriyordu. Becerikli elleri hiçbir şeyi şansa bırakmayan Dominga de Adviento, sabahları koridorların neden akşamkinden daha temiz olduğunu ve akşamdan düzelttiği bazı şeyleri sabahleyin neden başka türlü bulduğunu keşfedemeden ölüp gitmişti. Marki daha dulluğunun üzerinden bir yıl geçmeden, Dulce Olivia'yı ilk kez, köle kızların baştan savma yıkadıklarını düşündüğü bazı mutfak gereçlerini yıkarken yakalamıştı.

"Bu kadarına cesaret edebileceğini hiç sanmazdım," dedi ona.

"Sen hâlâ her zamanki zavallısın da ondan," diye karşılık verdi kız.

Böylece, hiç değilse bir zamanlar aşka benzeyen yasak bir dostluk yeniden kurulmuş oldu. Gündelik alışkanlıklara mahkûm yaşlı bir evli çift gibi hiçbir hayale ya da üzüntüye kapılmadan, gün ışıyana kadar konuşuyorlardı. Mutlu olduklarına inanıyorlardı, belki de öyleydiler, ama ikisinden biri fazladan bir söz söyledi ya da eksik bir şey yaptı mı, çoban köpeklerinin bile keyfini kaçıran yıkıcı bir kavgayla bütün gece mahvolup gidiyordu. İşte o zaman her şey eski haline dönüyor ve Dulce Olivia uzun bir süre evden yok oluyordu.

Marki dünyasal zenginliklere değer vermemesinin ve hayat tarzındaki değişikliklerin sofuluktan değil, eşinin bedenini yıldırımdan kömürleşmiş bir halde gördüğünde inancını ansızın kaybetmenin verdiği korkudan geldiğini itiraf etmişti ona. Dulce Olivia, avutmak için kendini sundu markiye. Mutfakta olduğu kadar yatakta da ona kul köle olacağına söz verdi. Ama marki boyun eğmedi.

"Bir daha hiç evlenmeyeceğim," diye yemin etti.

Yine de, aradan bir yıl geçmeden, babasının denizaşırı ticarette yükünü tutmuş eski bir kâhyasının kızı Bernarda Cabrera'yla gizlice evlenmişti. Markinin, Doña Olalla'nın hiç dayanamadığı salamura ringa balıklarıyla siyah zeytinleri eve getirmesi için ona sipariş verdiğinde tanışmışlardı ve Bernarda, karısının ölümünden sonra da markiye aynı şeyleri götürmeyi sürdürmüştü. Bir akşam Bernarda, onu meyve bahçesindeki hamağında bulduğunda sol elinin avucunda falına bakmıştı. Marki, onun doğru bildiklerinden öylesine etkilenmişti ki, satın alacağı hiçbir şey olmasa da onu öğle uykusu saatinde çağırmayı sürdürmüştü, ama herhangi bir konuda inisiyatifi ele alamadan aradan iki ay geçmişti. Bunun üzerine ilk adımı onun yerine Bernarda attı. Hamakta zorla üstüne çıkarak markinin harmanisinin etekleriyle onu bitkin bırakana kadar ağzını burnunu tıkadı. Sonra da markinin yalnız aşk hayatının cılız zevkleri içinde asla hayal edemeyeceği bir ateşlilik ve beceriklilikle onu yeniden canlandırdı ve bekâretini bozuverdi. Marki elli iki yaşındaydı, Bernarda ise yirmi üç, ama aralarındaki yaş farkı en önemsiz sakıncaydı.

Öğle uykusu saatinde, portakal ağaçlarının kutsal gölgesinde, alelacele ve gönülsüzce sevişmeyi sürdürüyorlardı. Deliler kendi teraslarından söyledikleri edepsiz şarkılarla onları kızıştırıyorlar, sonra da başarılarını stadyumdaymış gibi alkışlayarak kutluyorlardı. Markinin, kendini bekleyen tehlikelerin bilincine varmasına fırsat kalmadan, Bernarda, iki aylık hamile olduğu haberiyle onu içinde bulunduğu uyuşukluktan çıkarmıştı. Ona zenci değil, İspanyol ile yerli karışımı bir baba ve Kastilyalı beyaz bir annenin kızı olduğunu hatırlatmıştı, yani yırtılan onurunu dikebilecek tek iğne, resmî nikâhtı. Marki onu kapı dışarı etti, ta ki kızın babası omzunda eski bir arkabüzle öğle uykusu saatinde kapıya dayanana kadar. Adam, yumuşak hareketlerle ağır ağır konuşuyordu, hiç yüzüne bakmadan silahı markiye teslim etti.

"Bunun ne olduğunu biliyor musunuz sayın marki?" diye sordu.

Marki elindeki silahla ne yapacağını bilemiyordu.

"Bilgimin yettiği kadarıyla, bunun bir arkabüz olduğunu sanıyorum," dedi. Sonra da gerçekten merak içinde sordu: "Onu ne için kullanıyorsunuz?"

"Kendimi korsanlardan korumak için efendim," dedi yerli, hâlâ yüzüne bakmayarak. "Şimdi de onu, acaba ben kendilerini öldürmeden zatıâlileri beni öldürürler mi diye getirdim."

Marki onun yüzüne baktı. Hüzün dolu küçücük gözleri suskundu, ama marki o gözlerin söylemediklerini anlamıştı. Arkabüzü ona geri vererek anlaşmayı kutlamak üzere içeriye buyur etti. İki gün sonra, komşu kiliselerden birinin rahibi, kızın anne ve babasıyla her ikisinin vaftiz ana babalarının huzurunda nikâhı kıydı. Tören sona erdiğinde, nereden geldiğini kimsenin anlayamadığı Sagunta ortaya çıkarak, yeni evlilerin başlarına mutluluk çelenkleri koydu.

Gecikmiş yağmurların yağdığı bir sabah, Yay burcunun altında, Sierva María de Todos los Ángeles, zor bir doğumla yedi aylık olarak doğmuştu. Renksiz bir kurbağa yavrusunu andırıyordu ve boğazına dolanmış olan göbek kordonu onu boğmak üzereydi.

"Kızınız oldu," dedi ebe. "Ama yaşamayacak."

İşte o zaman Dominga de Adviento, kendi azizlerine, kıza yaşama lütfunu bahşedecek olurlarsa, kızın saçlarını düğün gecesine kadar kesmeyeceğine yemin etti. Bu adağı yapmasıyla çocuğun ağlamaya başlaması bir olmuştu. Dominga de Adviento, sevinç içinde bağırdı: "Bu kız bir azize olacak!" Marki ise, onu yıkanmış ve giydirilmiş olarak ilk kez gördüğünde, onun kadar ileri görüşlü olamamıştı.

"Orospu olacak," demişti, "Tanrı ömür ve sağlık verirse."

Bir soyluyla aşağı tabakadan birinin kızı olarak Sierva María'nın, terk edilmiş bir çocukluğu olmuştu. Annesi, daha ilk emzirdiği gün ondan nefret etmiş, onu öldüreceği korkusuyla yanında tutmayı reddetmişti. Kızı, Dominga de Adviento emzirmiş, onu İsa'ya vaftiz edip, Olokun'a adamıştı; cinsiyeti belirsiz olan bu Yoruba tanrısının yüzü, tahminlere göre öylesine korkunçtu ki, kendisini yalnızca düşlerde ve her zaman bir maskeyle gösteriyordu. Kölelerin avlusuna gönderilmiş olan Sierva María, daha konuşmadan dans etmeyi öğrenmiş, sonra da aynı anda üç Afrika dilini, aç karnına horoz kanı içmeyi ve sanki cisimsiz bir varlıkmış gibi Hıristiyanların arasından görünmeden ve hissedilmeden geçivermeyi öğrenmişti. Dominga de Adviento, onun çevresini zenci köle kızlardan, melez hizmetçilerden, getir götür işlerine bakan yerli kadınlardan oluşan neşeli bir maiyetle sarmıştı. Bunlar onu kutsanmış sularla yıkıyorlar, Yemayá mineçiçekleriyle arındırıyorlar ve beş yaşına geldiğinde bir çağlayan gibi beline kadar inen saçlarına bir gül fidanıymışçasına özen gösteriyorlardı. Köle kadınlar, sonunda sayıları on yediyi bulan türlü türlü tanrıçaların kolyelerini birer birer ona takmaya başlamışlardı.

Marki meyve bahçesinde pineklerken, Bernarda evin yönetimini artık sımsıkı ele geçirmişti. Yaptığı ilk iş, birinci markinin iktidarında kazanılmış olan serveti, paylaştırıldığı yerlerden geri almak oldu. Birinci marki, zamanında, sekiz yıl içinde beş bin köle satma izni elde etmiş, ayrıca köle başına iki varil un ithal etmeyi de yüklenmişti. Ustalıkla çevirdiği dolaplar ve gümrükçülerin rüşvete yatkınlığı sayesinde, sözleşmesini yaptığı unu satmıştı, ama ayrıca kaçak olarak üç bin köle daha satmış, bu da onu yaşadığı yüzyılın en talihli satıcısı haline getirmişti.

İyi bir ticaretin köleler değil un olduğunu akıl eden de Bernarda olmuştu, ama aslında en büyük iş, onun o inanılmaz inandırma yeteneğiydi. Dört yıl içinde bin köle ve her biri için de üç varil un ithal etmek için aldığı tek bir izinle hayatının vurgununu yapmıştı: Anlaştığı biçimde bin köleyi satmış, ama üç bin varil un yerine on iki bin varil getirtmişti. Yüzyılın en büyük kaçakçılığı olmuştu bu.

O zamanlar vaktinin yarısını, ülkenin iç kısımlarıyla her türlü kaçakçılığı yürütebileceği büyük Magdalena ırmağına yakınlığı nedeniyle işlerinin çekirdeğini oluşturduğu Mahates'teki şekerkamışı değirmeninin başında geçiriyordu. Markinin evine, hesabını kimseye vermediği zenginliğiyle ilgili tek tük haberler geliyordu. Marki burada geçirdiği ve henüz buhrandan önceki süre içinde, kafese kapatılmış bir başka çoban köpeği gibiydi. En iyisini Dominga de Adviento söylemişti: "Göt büyütmeye uğraşıyor."

Sierva María kölesi ölünce ilk kez olarak evin içinde sürekli bir yer edinmiş, birinci markizin yaşadığı o şahane yatak odasını onun için düzenlemişlerdi. Ona İberya İspanyolcası dersleriyle aritmetik ve doğabilimleri üzerine bilgiler versin diye tuttukları öğretmen, okuma yazma öğretmeye de çalışmıştı. Ama dediklerine göre kız ayak diremişti, çünkü harflere hiç aklı ermiyordu. Kilise dışından bir öğretmen hanım da, onu müziğe başlatmıştı. Kız, müzikle ilgili ve zevk sahibi olduğunu gösteriyordu, ama hiçbir çalgıyı öğrenecek kadar sabırlı değildi. Öğretmen hanım, şaşkınlık içinde bu işten vazgeçti ve vedalaşırken markiye şöyle dedi:

"Kızınızın hiçbir şeye yeteneği olmadığından değil, başka bir dünyanın insanı o."

Bernarda, aralarındaki hıncı yumuşatmayı istiyordu, ama çok geçmeden kabahatin ne birinde ne de ötekinde değil, her ikisinin de yaradılışında olduğu açıkça anlaşılmıştı. Kızında hayaletmiş gibi bir tuhaflık keşfettiğine inandığından beri yüreği ağzında yaşıyordu. Dönüp arkasına bakıp da, artık dizlerine kadar özgürce inen saçlarıyla hafif tüller içindeki o incecik yaratığın anlaşılmaz bakışlarıyla karşılaşacağı anı düşünmek bile ona korku veriyordu.

"Kız!" diye bağırıyordu ona. "Bana böyle bakmanı yasaklıyorum!"

Bütün dikkatini en yoğun biçimde işlerine verdiği bir anda kendisini gözetleyen yılanın ıslık çalan soluğunu ense kökünde hissediyor ve dehşetle irkiliyordu.

"Kız!" diye bağırıyordu ona. "İçeri girmeden önce ses çıkarsana!"

Sierva María, Yoruba dilinde bir sürü sözü art arda sıralayınca, Bernarda'nın korkusu büsbütün artıyordu. Geceleri daha da beterdi, çünkü birinin kendisine dokunduğu duygusuyla birdenbire uyanıyor, bir de bakıyordu ki kız yatağın ayakucunda durmuş onu uyurken seyrediyor. Kızın kol ağzına çıngırak asma girişimi de bir yarar sağlamamıştı, çünkü Sierva María'nın temkinli hareketleri çıngırağın çalmasını engelliyordu. "Bu kızda beyaz olan tek şey, rengi," diyordu annesi. Bu öylesine doğruydu ki, kız, kendi uydurduğu bir Afrika adıyla değiştirmişti adını: María Mandinga.

Bütün bu ilişkiler, Bernarda'nın aşırı kakao yüzünden dili damağına yapışmış bir halde uyanıp, Sierva María'nın bebeklerinden birini su küpünün içinde yüzer bulduğu bir şafak vakti doruk noktasına ulaştı. Gerçekte suda yüzen basit bir bebek olarak değil de korkunç bir şey olarak görünmüştü ona: Ölü bir bebekti bu.

Sierva María'nın kendisine karşı kötü bir Afrika büyüsü yaptığı inancıyla, ikisinin birden aynı eve sığmadığına karar verdi. Marki çekinerek arabuluculuk etmeye kalkıştıysa da Bernarda kestirip attı: "Ya o, ya ben." Böylelikle Sierva María, annesinin şekerkamışı değirmeninin başında olduğu zamanlarda bile orada kalmak üzere kölelerin inine geri gönderilmişti. Anasından doğduğu zamanki kadar içine kapanıktı ve tek sözcük bile okuyup yazamıyordu.

Ama Bernarda'nın da ondan aşağı kalır yanı yoktu. Judas Iscariote'yi, kendini onun düzeyine indirerek yanında tutmayı denemiş, daha iki yıl geçmeden işlerinde de, hayatın kendisinde de dizginleri elden kaçırmıştı. Onu Nübyeli korsan, kupa ası ya da Kral Melkior[1] kılığına sokarak, özellikle de kalyonların demir atıp kentin yarım yıllık bir cümbüşe daldığı zamanlar kenar mahallelere götürüyordu. Keşfedilmiş dünyanın her yerinden türlü türlü malların peşinde Lima'dan, Portobelo'dan, Havana'dan, Veracruz'dan gelen tüccarlar için derme çatma meyhaneler ve genelevler kuruluyordu hemen.

1. Bir yıldızın kılavuzluğunda Beytlehem'e giderek yeni doğmuş İsa'ya tapınan Doğulu üç müneccim kral: Gaspar, Baltazar ve Melkior. (Ç.N.)

Bir gece, kürek mahkûmlarının gittiği bir meyhanede körkütük sarhoş olduklarında Judas, gizemli bir tavırla Bernarda'nın yanına yaklaştı.

"Aç ağzını, yum gözünü," dedi.

Bernarda dediğini yapınca, dilinin üzerine bir tablet o nefis Oaxaca çikolatasından koydu. Bernarda, ne olduğunu anlamış ve tükürmüştü çünkü çocukluğundan beri kakaoya karşı özel bir tiksinti duyuyordu. Judas bunun, insanın hayatına neşe katan, fiziksel gücünü artıran, moralini yükselten ve cinsel yaşamını güçlendiren kutsal bir madde olduğuna inandırdı onu.

Bernarda kahkahayı koyuverdi.

"Bu doğru olsaydı," dedi, "Santa Clara'daki küçük rahibelerin hepsi birer güreş boğası olurdu."

Çoktandır fermante olmuş bala tutkundu o; daha evlenmeden öncesinden beri okul arkadaşlarıyla birlikte tüketirlerdi ve şekerkamışı cenderesinin başındaki sıcak havanın içinde de yalnızca ağzından değil, beş duyusunun hepsinden birden almayı sürdürmüştü. Judas'la birlikte, Sierra Nevada yerlileri gibi, *yarumo*[1] külleriyle karıştırılmış tütün ve koka yaprakları çiğnemeyi öğrenmişti. Meyhanelerde ise hintkenevirini, Kıbrıs terebentinini, Real de Catorce kaktüsünü ve, hiç değilse bir kez, Filipinli kaçakçılar tarafından getirilmiş Çin afyonunu denemişti. Yine de Judas'ın kakaoyu öven sözlerine kulaklarını tıkamadı. Bütün ötekilerden fırsat kaldığında onun da erdemlerini tanıdı ve hepsine yeğledi. Sonunda Judas hırsız ve pezevenk olmuştu, ara sıra oğlancılık da yapıyordu; hepsi bir alışkanlık haline gelmişti ve artık eksik olan hiçbir şey kalmamıştı. Uğursuz bir gece, Bernarda'nın gözü önünde, bir kumar kavgası yüzünden filonun üç

1. Amerika'ya özgü bir palmiye türü. (Ç.N.)

kürek mahkûmuyla yumruk yumruğa dövüşmeye kalkışmış ve onu döve döve öldürmüşlerdi.

Bernarda, artık şekerkamışı değirmenine sığınmıştı. Ev başıboş kalmıştı ve o zamandan beri ayakta durabiliyorsa, Sierva María'yı kendi tanrılarının istediği biçimde yetiştiren Dominga de Adviento'nun usta elleri sayesinde durabiliyordu. Marki, karısının tükendiğini yeni öğrenmişti. Şekerkamışı değirmeninden, onun çılgın bir durumda olduğu, kendi kendine konuştuğu, sefahat gecelerinde eski okul arkadaşlarıyla paylaşmak üzere en gözde köleleri seçip aldığı gibi haberler geliyordu. Serveti, haydan gelmiş huya gidiyordu ve Bernarda'nın canı çok çektiğinde vakit kaybetmeden elinin altında bulabilmek için orada burada saklı tuttuğu bal tulumlarıyla kakao torbalarının merhametine kalmıştı. O günlerde elinde kalan tek güvence, işlerin tıkırında gittiği zamanlarda yatağının altına gömmüş olduğu, yüzlük ve çeyreklik som altın librelerle tıka basa dolu iki küptü. Bernarda öylesine bir çöküntü halindeydi ki, kesintisiz üç yılın sonunda, o köpeğin Sierva María'yı ısırmasından az önce, bir daha gitmemek üzere Mahates'ten döndüğünde kocası bile tanımamıştı onu.

Mart ortalarına doğru, kuduz tehlikesi geçiştirilmişe benziyordu. Talihine şükreden marki, geçmişteki hatalarını onararak Abrenuncio'nun öğütlediği mutluluk reçetesiyle kızının kalbini fethetmeye koyuldu. Bütün vaktini ona adamıştı. Saçlarının nasıl taranıp örüleceğini öğrenmeye çalıştı. Ona gerçek bir beyaz olmayı, soylu bir Kreol olma yolundaki yıkılan hayallerini yeniden kurmayı, ağzındaki iguana salamurası ve tatu[1] yahnisi tadını

---

1. Armadillo. Güney Amerika'da yaşayan, kemerligillerden bir hayvan. (Ç.N.)

silmeyi öğretmeye çalıştı. Hemen hemen her çareyi denedi, bunun onu mutlu etmenin yolu olup olmadığını sormanın dışında.

Abrenuncio, markinin evine ziyaretlerini sürdürüyordu. Markiyle anlaşması pek kolay olmuyordu, ama onun, Kutsal Mahkeme'nin[1] korku saldığı dünyanın bu gözlerden uzak köşesindeki bilinçsizliği ilgisini çekiyordu. Yazın sıcak ayları böylece geçip gidiyordu işte: Hekim, çiçekli portakal ağaçlarının altında kimseye duyurmadan konuşarak, marki de ona verdiği markilik payesinden haberi bile olmayan bir kraldan bin üç yüz deniz mili uzaktaki hamağında çürüyerek. Bu ziyaretlerin birinde, Bernarda'nın acılı sızlanması konuşmalarını yarıda kesmişti.

Abrenuncio şaşırmış, marki ise duymazlıktan gelmişti, ama bir sonraki inleme öylesine yürek parçalayıcıydı ki, kulak asmamak mümkün değildi.

"Bu her kimse, bir yanıt alma ihtiyacında," dedi Abrenuncio.

"İkinci kez evlendiğim kadın," diye karşılık verdi marki.

"Karaciğeri berbat bir durumda," dedi Abrenuncio.

"Nereden bildiniz?"

"Çünkü ağzı açık inliyor," diye yanıtladı hekim.

İzin istemeden kapıyı iterek, odanın yarı karanlığında Bernarda'yı görmeye çalıştı, ama kadın yatakta değildi. Adıyla seslendi, yanıt alamadı. Bunun üzerine pencereyi açtı ve öğle sonrası saat dörtteki çiğ ışık, edepsizcesine çırılçıplak bedeniyle yerde kollarını haç gibi iki yana açmış ve ölümcül melankolisine sarınmış haliyle gözler önüne serdi onu. Teni, aşırı safranın verdiği kara sarı renkteydi. Ansızın açılan pencerenin parlaklığıyla gözleri kamaşarak başını kaldırıp baktı ve ışığa karşı duran hekimi tanıyamadı. Oysa Abrenuncio'ya, kadının yazgısını görmesi için şöyle bir bakıvermek yetmişti.

"Senin için ölüm çanları çalmaya başlamış bile, kızım," dedi ona.

Sonra da, kanının temizlenmesi için kendini ivedi bir tedaviye bırakması koşuluyla kurtulmak için hâlâ vakti olduğunu anlattı. Bernarda hekimi tanımış, elinden geldiğince toparlanarak küfürler yağdırmaya koyulmuştu. Abrenuncio, pencereyi yeniden kapatırken hiç oralı olmadan katlandı onun söylediklerine. Dışarı çıktığında da markinin hamağının önünde durarak tanısını açıkladı ona:

"Hanımefendi, en geç 15 Eylül'e kadar ölecektir, tabii daha önce kendini bir kirişe asmazsa."

Öteki, kılı kıpırdamadan şöyle dedi:

"Tek sakıncası, 15 Eylül'e daha çok vakit olması."

Marki, Sierva María'nın mutluluk terapisini sürdürüyordu. San Lázaro tepesinden doğuda o tehlikeli bataklıklar, batıda ise okyanusa alev alev gömülen koskoca, kıpkırmızı güneş görünüyordu. Kız, denizin öte yanında ne olduğunu sordu ona, marki de şöyle yanıt verdi: "Dünya var." Yaptığı her bir hareketin kızda beklenmedik yankısını buluyordu. Bir akşam ufukta pupa yelken ortaya çıkan Kalyon Filosu'nu gördüler.

Kent bambaşka olmuştu. Baba kız, kuklalarla, ateşbazlarla ve iyilik işaretleri gösteren o nisan ayında limana gelen sayısız panayır yenilikleriyle oyalanıyorlardı. Sierva María, o iki ay içinde beyazlarla ilgili daha önce bildiklerinden çok daha fazla şey öğrenmişti. Onu değiştirmeye çalışırken marki kendisi de başka bir insan olmuştu ve bu öylesine köklü bir değişimdi ki, sanki kişiliği değil de doğası değişmişti.

Evin içi, Avrupa panayırlarında görülen türden kuklalar, balerinler, müzik kutuları ve mekanik saatlerle dolmuştu. Marki, İtalyan tiorba'sının tozunu aldı. Sonra tellerini gererek, yalnızca sevgiye yorulabilecek bir titizlikle akort etti ve ne yılların ne de uzak anıların değiştirebildiği iyi bir ses ve kötü bir kulakla bir zamanların şarkılarını yeniden çalıp söylemeye koyuldu. O günlerde Sierva María, şarkılarda dedikleri gibi, aşkın her şeyin üstesinden gelebileceğinin doğru olup olmadığını sordu ona.

"Doğrudur," diye yanıt verdi babası, "ama sen yine de inanmasan iyi olur."

Bu iyi gelişmelerle mutluluktan uçan marki, Sierva María'nın içinde sakladığı dertlerinden kurtulması ve eğitimini tamamlayıp dünyayı tanıması için Sevilla'ya bir gezi tasarlamaya başlamıştı. Yolculuğun günleri ve güzergâhı tam kararlaştırılmıştı ki, Caridad del Cobre acımasız bir haberle öğle uykusundan uyandırdı onu:

"Zavallı yavrucuğum köpeğe dönüşmeye başladı bile efendim."

İvedilikle çağrılan Abrenuncio, halkın, kuduza yakalananların sonunda kendilerini ısıran hayvana tıpatıp benzedikleri biçimindeki boş inancını yalanladı. Kızın bir parça ateşi olduğunu anlamıştı ve ateşlenmenin, başka bir hastalığın belirtisi değil de kendi başına bir hastalık olarak kabul edilmesine rağmen, bir belirti olabileceğini göz ardı etmedi. Kederli beyefendiyi, kızının herhangi bir tehlikenin dışında olmadığı konusunda uyardı, çünkü kuduz olsa da olmasa da bir köpeğin ısırması, yabana atılacak bir şey değildi. Her zamanki gibi, tek çare beklemekti. Marki, ona şöyle sordu:

"Bana söyleyebileceğiniz son şey bu mu?"

"Bilim, size daha fazlasını söyleyebilmeme olanak tanımıyor," diye aynı sertlikle yanıt verdi hekim. "Ama

bana inanmıyorsanız, yine de bir çareniz daha var: Tanrı'
ya güvenin."

Marki anlayamamıştı.

"Sizin imansız olduğunuza yemin edebilirdim,"
dedi.

Hekim dönüp ona bakmadı bile.

"Daha ne isterdim efendim," diye karşılık verdi.

Marki, Tanrı'ya değil, kendisine herhangi bir umut
verebilecek her şeye güveniyordu. Kentte diplomalı üç
hekim daha, ayrıca altı eczacı, kan alma uzmanı, on bir
berber, sayılamayacak kadar çok da şarlatan hekim ve bü-
yücülük sanatlarıyla uğraşan üstatlar vardı, hem de engi-
zisyonun son elli yıl içinde bin üç yüz kişiyi türlü cezala-
ra çarptırmış ve yedi tanesini de ateşte diri diri yaktırmış
olmasına rağmen. Salamancalı[1] genç bir hekim, Sierva
María'nın kapanmış olan yarasını deşerek, içinde kalmış
irini boşaltmak için dağlayıcı bazı yakılar vurdu. Bir baş-
kası, aynı şeyi sırtına sülükler yapıştırarak denedi. Kan
alma ustası bir berber, yarayı kızın kendi sidiğiyle yıka-
mış, bir başkası ise sidiği kıza içirmişti. Aradan iki hafta
geçene kadar Sierva María, günde iki kez şifalı ot banyo-
suyla yumuşatıcı iki lavmana katlanmış, doğal antimon
şurupları ve tehlikeli daha başka iksirlerle ölümün eşiğin-
den dönmüştü.

Ateşi düşmüştü ama kimse kuduz tehlikesinin atla-
tıldığını söylemeye cesaret edemiyordu. Sierva María,
kendini ölecek gibi hissediyordu. Önceleri gururundan
ödün vermeden dayanmıştı, ama aradan hiçbir sonuç
alınmadan iki hafta geçtiğinde, ayak bileğinde ateş gibi
yanan bir yara açılmış, teni hardal yakıları ya da lapalarla
dağlanmıştı, midesi ise cılk yara gibiydi. Çekmediği kal-

1. İspanya'nın 13. yüzyılda kurulmuş olan Avrupa'nın en eski üniversitelerin-
den birine sahip önemli bir kenti. (Ç.N.)

mamıştı: başı dönüyor, çırpınıyor, ıspazmozlar geçiriyor, hezeyanlara kapılıyor, alttan üstten çıkarıyor, acıdan ve öfkeden uluya uluya yerlerde debeleniyordu. En gözüpek şarlatan hekimler bile, ya delirdi ya da cin çarptı diye onu kaderine terk etmişlerdi. Markinin de tüm umudunu yitirdiği bir anda, elinde Aziz Huberto'nun anahtarıyla Sagunta çıkageldi.

Artık son perdeye gelinmişti. Sagunta, üzerindeki çarşafları çıkarıp bedenini bazı yerli yağlarıyla ovarak kızın çıplak bedenine sürtmeye başladı. Kız, kıpırdayacak hali olmasa da elleri ve ayaklarıyla direniyordu, ama sonunda Sagunta onu zorla yola getirdi. Bernarda, kızın deli gibi çığlıklarını ta odasından duymuştu. Ne olduğunu görmeye koştu ve Sierva María'yı yerde debelenir, Sagunta'yı da onun üzerine çıkmış, saçlarının bakır renkli dalgalarına dolanmış bir halde Aziz Huberto'nun duasını uluya uluya okur buldu. Her ikisini de hamağın ipleriyle kırbaçladı; önce şaşkınlıktan ne yapacaklarını bilemez halde yerlerde, sonra da kendi soluğu kesilene kadar köşe bucak peşlerinden kovalayarak.

Sierva María'nın çılgınlıklarıyla abuk sabuk davranışlarının ortalıkta yarattığı heyecandan telaşa kapılan bölge piskoposu Don Toribio de Cáceres y Virtudes, nedeni, günü ya da saatiyle ilgili hiçbir ayrıntı taşımayan, bu yüzden de büyük bir ivedilik belirtisi olarak yorumlanan bir çağrı gönderdi markiye. Marki, bu belirsizliği kendi başına aşarak, önceden haber vermeksizin aynı gün piskoposu görmeye gitti.

Piskopos bu görevini, markinin toplumsal yaşamdan zaten çekilmiş olduğu bir sırada üstlenmişti ve o zamana kadar pek görüşmemişlerdi. Üstelik, rahat hareket etmesini engelleyen iri gövdesiyle kötü sağlığının kurbanı olmuş, inançlarını sınayan amansız bir astımın yiyip bitirdiği bir adamdı. Yokluğunun hissedilmediği önemli toplantıların pek çoğunda bulunmuyordu, katıldığı pek azında ise araya koyduğu uzaklık, onu yavaş yavaş gerçekdışı bir varlık haline getirmişti.

Marki onu, hep uzaktan ve halk arasında olmak üzere birkaç kez görmüştü, ama belleğinde ondan kalan anı, yönetimin ileri gelenlerince tahtırevanla taşınarak bir tente altında katıldığı, din görevlilerince ortaklaşa kutlanan bir ayinle ilgiliydi. Gösterişli tören giysileri içindeki iriyarı gövdesiyle ilk bakışta dev gibi bir ihtiyarı andırıyor, ama acayip yeşil gözleriyle temiz ifadeli köse yüzü, yaşı belli olmayan el değmemiş bir güzelliği saklı tutuyordu. Tahtırevanın tepesinde papa hazretlerinin büyülü bir halesi bulunuyordu ve onu yakından tanıyanlar, bilgeliğinin ve iktidar bilincinin ışıltısında da aynı halenin varlığını hissediyorlardı.

Piskoposun oturduğu saray, kenttekilerin en eskisiydi ve geniş odaların bulunduğu yıkık dökük iki katının ancak birinin yarısını bile işgal etmiyordu. Saray, katedralin bitişiğindeydi ve kemerleri kararmış bir galeriyle, kupkuru çalılıklar arasında yıkıntı halinde bir sarnıcı bulunan ortak bir iç avluyu paylaşıyorlardı. Yapının kesme taştan gösterişli cephesiyle masif tahtadan büyük kapıları bile terk edilmişliğin izlerini taşıyordu.

Marki yerli bir diyakoz tarafından ana kapıda karşılanmıştı. Giriş holünde ayaklarını sürüyerek dolaşan dilenci grupları arasında birer parça sadaka dağıttı ve hem katedral hem de midesi öğleden sonra saat dördü ısrarla çaldığı sırada evin serin yarı karanlığına girdi. Orta koridor öyle karanlıktı ki, diyakoz, kötü yerleştirilmiş heykellere ve ortalığa yayılmış molozlara takılmamak için her adımını düşüne taşına atarak önünü görmeden yol alıyordu. Koridorun sonunda, bir tepe penceresiyle biraz daha aydınlatılmış küçük bir ön oda vardı. Diyakoz, orada durup markiye beklemek üzere oturmasını işaret etti ve bitişikteki kapıdan içeri geçti. Marki ayakta durmayı sürdürerek, odanın ana duvarında asılı duran, kralın sancaktarlarının tören üniformasını giymiş genç bir subayın büyük boy yağlıboya portresini incelemeye koyuldu. Bunun, piskoposun gençlik portresi olduğunu, ancak çerçevedeki bronz plaketi okuduğunda fark edebildi.

Diyakoz kapıyı açarak onu içeri buyur etti; markinin, piskoposu portredekinden kırk yıl daha yaşlı olarak bir kez daha görmesi için yerinden kıpırdaması gerekmemişti. Astımdan tıkanmış ve sıcaktan bunalmış haline rağmen, söylendiğinden çok daha iriyarı ve etkileyiciydi. Şakır şakır terliyor, daha rahat soluk alabilmek için öne doğru eğdiği gövdesini palmiye yaprağından bir yelpazeyle hafif hafif yelpazeleyerek, Filipin işi bir salıncaklı sandalyede ağır ağır sallanıyordu. Ayağına rençber sandaletleri, üzerine de fazla sabundan yer yer yıpranmış, kaba ketenden bir gömlek giymişti. Yoksulluğunun içtenliği daha ilk bakışta kendini belli ediyordu. Yine de en çok dikkati çeken, gözlerinin, yalnızca ruhsal bir ayrıcalığa yorulabilecek temizliğiydi. Markiyi kapıda görür görmez sallanmayı bırakarak, elindeki yelpazeyle sevecenlik dolu bir işaret yaptı.

"Buyur, Ygnacio," dedi ona. "Burası senin evin."

Marki, ellerinin terini pantolonuna sildi, kapıdan geçip, sarı boru çiçekleriyle salkım salkım eğreltiotlarından bir çardağın altındaki açık terasta buldu kendini; buradan bütün kiliselerin kuleleri, kentin belli başlı konaklarının kırmızı çatıları, sıcaktan hareketsizleşmiş güvercinlikler, dış çizgileri cam gibi duru gökyüzüne vurmuş kaleler ve cayır cayır yanan deniz görünüyordu. Piskopos, asker elini kasıtlı bir hareketle uzattı ona, marki de yüzüğünü öptü.

Astımı yüzünden derin derin ve zorlukla soluk alı-
yor, cümleleri beklenmedik iç geçirmeler, kuru ve kısa
öksürüklerle kesiliyordu, ama bunların hiçbiri güzel ko-
nuşmasını etkilemiyordu. Ufak tefek gündelik olaylarla
ilgili kolay bir söyleşi başlatıvermişti hemen. Karşısında
oturan markinin şükranla karşıladığı bu avutucu başlan-
gıç konuşması öylesine hoş bir biçimde uzayıp gidiyordu
ki, saatin beş olduğunu belirten çan sesleri onları şaşırt-
mıştı. Bir sesten çok, akşamın ışığında titreşimler yaratan
bir sarsıntı gibiydi ve gökyüzü ürkmüş güvercinlerle do-
luvermişti.

"Korkunç bir şey," dedi piskopos. "Her bir saat, tıpkı
bir yer sarsıntısı gibi ta içimde yankılanıyor."

Bu sözler markiyi şaşırtmıştı, çünkü saat dördü vur-
duğunda o da tıpkı böyle düşünmüştü. Piskoposa doğal
bir rastlantı gibi göründü bu. "Düşünceler kimsenin de-
ğildir," dedi. İşaretparmağıyla havada birbiri ardına bir
sürü halka çizdi, sonra da sözünü tamamladı:

"Tıpkı melekler gibi, oralarda uçuşur dururlar."

Piskoposun hizmetini gören bir rahibe, kaliteli ve
sert bir şarabın içine doğranmış bir sürahi dolusu mey-
veyle, dumanları tüterek havayı bir ilaç kokusuyla dol-
duran bir leğen su getirdi. Piskopos, gözlerini kapayarak
buharı kendinden geçercesine içine çekti, kendini topar-
ladığında ise başka biriydi sanki; görevinin tam anlamıy-
la hâkimiydi.

"Seni buraya getirttik," dedi markiye, "çünkü Tan-
rı'ya ihtiyacın olduğunu ve bunu bilmezlikten geldiğini
biliyoruz."

Sesindeki org tınlaması kaybolmuş, gözleri eski dün-
yasal ışıltısına kavuşmuştu. Marki havaya girmek için şa-
rap kadehinin yarısını bir dikişte içti.

"Bir insanın başına gelebilecek en büyük talihsizliğe
uğradığımı zatışahanelerinin biliyor olmaları gerek," de-

di, karşısındakini yatıştırıcı bir alçakgönüllülükle. "Ben artık inanmaz oldum."

"Biliyorduk zaten oğlum," diye karşılık verdi piskopos hiç şaşırmadan. "Bilmez olur muyuz!"

Bunu biraz da sevinçle söylemişti çünkü kendisi de, Fas'ta kralın sancaktarıyken, bir çatışmanın patırtısı arasında, yirmi yaşında inancını kaybetmişti. "Tanrı'nın artık var olmadığından bir anda emin olmuştum," dedi. O zaman, dehşet içinde, kendini dua ve tövbekârlığa vermişti.

"Ta ki Tanrı bana acıyıp da hak yolunu gösterene kadar," diye sözünü tamamladı. "Yani önemli olan senin inanmaman değil, Tanrı'nın hâlâ sana inanıyor olması. Bunda da kuşku yok, çünkü seni feraha çıkarmamız için bizi aydınlatan, sonsuz inayeti içinde yine O olmuştur."

"Bahtsızlığıma sessizce katlanmak istemiştim," dedi marki.

"Öyleyse bunu hiç beceremedin," diye karşılık verdi piskopos. "Zavallı kızının utanç verici çırpınmalar içinde ve putperest dilinde uluyarak kendini yerden yere attığı, herkesin dilinde olan bir sır. Bunlar, onu cin çarptığının kesin belirtileri değil de nedir?"

Marki, dehşet içindeydi.

"Ne demek istiyorsunuz?"

"Şeytanın sayısız kurnazlıkları arasında en sık görüleni, masum bir bedenin içine girebilmek için iğrenç bir hastalığın görünümüne bürünmesidir," dedi. "Ve bir kez girdi mi, onu oradan çıkartmaya kimsenin gücü yetmez."

Marki, köpek ısırmasının tıbbi gelişimini anlattı, ama piskopos hepsine kendince bir açıklama buluyordu. Sonunda çok iyi bildiğine kuşku olmayan bir şey sordu:

"Abrenuncio'nun kim olduğunu biliyor musun?"

"Kızı ilk gören hekim o olmuştu," dedi marki.

"Bunu senin ağzından duymak istemiştim," diye karşılık verdi piskopos.

El altında bulundurduğu küçük bir çıngırağı salladı ve otuz yaşlarında eli yüzü düzgün bir rahip, sanki şişeden dışarı salıverilmiş bir cin gibi görünüverdi. Piskopos, onu yalnızca Peder Cayetano Delaura olarak tanıştırdı ve oturmasını söyledi. Sıcağa karşı evde giyilen türden bir cüppe ile tıpkı piskoposunkiler gibi sandaletler giymişti. Güçlü kuvvetli, solgun benizliydi, gözleri canlı, alnında bir tutamı beyaz olan saçları simsiyahtı. Kısa solukları ve hareketli elleri, mutlu bir adamınkileri andırmıyordu.

"Abrenuncio hakkında ne biliyoruz?" diye piskopos sordu ona.

Peder Delaura'nın düşünmesi gerekmemişti.

"Abrenuncio de Sa Pereira Cao," dedi, hekimin adını heceler gibi. Hemen arkasından da markiye döndü: "En sondaki soyadının Portekiz dilinde köpek anlamına geldiğine dikkat ettiniz mi, sayın marki?"

Tam olarak doğrusu aranırsa, diye devam etti Delaura, bunun onun gerçek adı olup olmadığı da bilinmiyordu. Kutsal Mahkeme'nin dosyalarına göre, İberya Yarımadası'ndan kovulmuş bir Portekiz Yahudisiydi ve burada, Turbaco'nun kanı temizleyici suları sayesinde iki librelik bir tayı iyi ettiği için kendisine gönül borcu duyan bir vali tarafından korunuyordu. Onun büyülü reçetelerinden, ölümü önceden haber verirkenki azametinden, olası oğlancılığından, ahlaksızca yorumlarından ve tanrısız yaşamından söz etti. Yine de ona yapılmış tek somut suçlama, ufak tefek onarım ve söküklerle uğraşan Getsemaní'li küçük bir terziyi diriltmiş olmasıydı. Çoktan kefenlenip tabuta konulmuşken Abrenuncio'nun ona yerinden kalkmayı emrettiğini doğrulayan ciddi tanıklar bulup getirmişlerdi. Neyse ki dirilen adamın kendisi, bilincini bir an bile kaybetmediğini Kutsal Mahkeme'nin önünde beyan etmişti. "Böylece onu odun ateşinde yanmaktan kurtardı," dedi Delaura. Son olarak da San Lázaro tepesinde ölüp kabristana gömülen at olayını hatırlattı.

"Onu bir insanmış gibi seviyordu," diye söze karıştı marki.

"Bu, bizim inancımıza karşı bir küfürdür, sayın marki," dedi Delaura. "Yüz yaşında atlar, Tanrı'nın işi değildir."

Marki, Kutsal Mahkeme'nin arşivlerine gizli bir ihbarın ulaştırılmış olmasından telaşa kapıldı. Çekinerek savunmaya geçmeye çalıştı: "Abrenuncio, ağzına geleni söyleyen biridir ama bununla din sapkınlığı arasında dağlar kadar fark var." Piskopos, onları uzaklaştıkları konuya geri döndürmeseydi, tartışma sertleşerek sürüp gidecekti.

"Hekimler ne derlerse desinler," dedi, "insanlarda kuduz hastalığı, çoğu kez Düşman'ın onca düzenbazlıklarından biridir."

Marki anlamıyordu. Piskopos ona öyle dramatik bir açıklama yaptı ki, anlattıkları sonsuza dek cehennem ateşine mahkûmiyetin bir başlangıcıydı sanki.

"Talihimiz varmış ki," diye sözünü tamamladı, "kızının bedeni geri alınamayacak durumda olmasına rağmen, Tanrı onun ruhunu kurtarmamızın yollarını gösterdi bize."

Akşamın karanlığı dünyanın üzerine çöküyordu. Marki, eflatun gökyüzünde çıkan ilk parlak yıldızı gördü ve şarlatan hekimlerin saçma sapan ilaçlarıyla berbat olan ayağını sürüyerek pislik içindeki evde tek başına kalan kızını düşündü. Tanrı vergisi alçakgönüllülüğü içinde sordu:

"Ne yapmam gerek?"

Piskopos tek tek açıkladı ona. Yapacağı her girişimde, özellikle de kızını en kısa zamanda kapatmak zorunda olduğu Santa Clara Manastırı'nda, kendi adını kullanma yetkisini verdi ona.

"Onu bizim ellerimize emanet et," diye sözünü tamamladı. "Gerisini Tanrı çözümler."

Marki geldiği zamankinden daha büyük bir acı içinde vedalaşıp ayrıldı. Arabasının penceresinden yoksul sokakları, su birikintilerine girip çıkan çıplak çocukları, akbabaların ortalığa saçtıkları çöpleri seyrediyordu. Köşeyi dönünce, her zamanki yerinde denizi gördü; birden bir kuşku kapladı içini.

Akşam duası için çanlar çalarken karanlıkta evine vardı ve Doña Olalla'nın ölümünden beri ilk kez yüksek sesle etti bu duayı: *Efendimizin meleği Meryem'e duyurdu müjdeyi.* Tiorba'nın telleri, karanlıkta bir kuyunun dibinden gelir gibi yankılanıyordu. Marki müziğin geldiği yöne doğru el yordamıyla ilerleyerek kızının yatak odasına vardı. Sierva María üzerinde beyaz gömleği, yerlere kadar uzanan açık saçlarıyla tuvalet masasının önünde oturmuş, ondan öğrendiği ilk parçalardan birini çalıyordu. Öğle vaktinde şarlatan hekimlerin gaddarlığıyla acılar içinde bıraktığıyla aynı kişi olduğuna inanamıyordu ya da bir mucize gerçekleşmiş olmalıydı. Ama anlık bir görüntüydü bu. Sierva María, onun geldiğini sezince çalgıyı bir yana bırakıp eski mutsuzluğuna geri dönmüştü.

Marki bütün gece kızın yanından ayrılmadı. Yatak odasındaki olağan işlerde, böyle şeylere alışkın olmayan bir babanın beceriksizliği içinde yardımcı oldu ona. Geceliğini ters giydirmiş, kızın çıkarıp doğru düzgün giymesi gerekmişti. Onu ilk kez çıplak görüyordu; teninin altında kaburga kemiklerini, tomurcuklanmış meme uçlarını, incecik tüylerini görmek acı vermişti ona. Yangılı ayak bileğinde alev alev yanan bir hale vardı. Yatmasına yardım ederken kız, duyulur duyulmaz bir sızlanmayla tek başına acı çekmeye devam ediyordu; marki, sanki ölmesine yardım ediyormuş duygusuna kapıldı birdenbire.

İnancını kaybettiğinden beri ilk kez dua etme ihtiyacı duyuyordu. Kendisini terk etmiş olan Tanrı'yı geri kazanmak için tüm gücünü harcayarak dua odasına gitti, ama yararı yoktu: İnançsızlık, inançtan daha dayanıklıydı çünkü duygularla besleniyordu. Gecenin serinliği içinde kızın üst üste öksürdüğünü duyunca kalkıp odasına gitti. Geçerken Bernarda'nın yatak odası kapısının aralık olduğunu gördü. Kuşkularını paylaşma ihtiyacı içinde itti kapıyı. Bernarda, yerde yüzükoyun yatmış uyurken gürültüyle horluyordu. Marki, eli kapının tokmağında, öylece durarak onu uyandırmadı ve kendi kendine konuştu:

"Onun hayatına karşılık seninki." Sonra da hemen düzeltti: "Onunkine karşılık bizim ikimizin boktan hayatlarımız!"

Kız uyuyordu. Marki onun hareketsiz ve ruhsuz bir halde yatışına bakarak, onu kuduz cezasına çarptırılmaktansa ölmüş olarak görmeyi yeğleyip yeğlemeyeceğini sordu kendi kendine. Yarasalar kanını emmesinler diye cibinliğini düzeltti, daha fazla öksürmemesi için üzerini örttü ve onu bu dünyada daha önce hiç sevmediği kadar çok sevmenin verdiği yepyeni bir hazla yatağın yanında uyumadan beklemeye koyuldu. İşte o zaman ne Tanrı'ya ne de başka bir kimseye danışmaksızın hayatının kararını verdi. Sabahın dördünde Sierva María gözlerini açmış ve onu yatağının yanında oturur bulmuştu.

"Gitme vaktimiz geldi," dedi marki.

Kız, daha fazla açıklamaya gerek olmaksızın kalktı. Marki bu önemli gün için giyinmesine yardım etti. Botlarının çift kat derisi, ayak bileğini acıtmasın diye sandıktan kadife pabuçlar bulup çıkardı, bir de çocukken annesinin olan bir gece elbisesi geçti eline. Delik deşikti ve zamanla yıpranmıştı, ama iki kez bile giyilmediği belliydi. Marki neredeyse bir yüzyıl sonra, Sierva María'nın ermişlik kolyeleriyle vaftiz göğüslüğünün üzerine giydirdi elbiseyi. Biraz dar gelmişti, bu da nedense eski görünümünü artırıyordu. Yine sandıkta bulduğu, rengârenk kurdeleleri elbiseye hiç uymayan bir şapkayı da giydirdi. Başına tam gelmişti. Son olarak da, içine bir gecelik, bit sirkelerini bile ayıklayacak kadar sık dişli bir tarak, bir de büyükannesine ait altın menteşeli, sedef kapaklı bir dua kitabını koyduğu bir el çantası hazırladı.

O gün, Paskalya'dan önceki Kutsal Pazar günüydü. Marki, Sierva María'yı sabah beş ayinine götürdü ve kız, niçin olduğunu bilmeksizin, seve seve aldı kutsanmış palmiye yaprağını.[1] Dışarı çıktıklarında, güneşin doğuşunu arabadan seyrettiler. Marki dizlerinin üzerindeki el çantasıyla arabanın esas koltuğunda oturuyor, kız da karşısındaki koltukta korkusuzca oturmuş, on iki yaşında son kez göreceği sokakların pencereden geçip gitmelerini seyrediyordu. Böyle Deli Juana[2] kılığında ve başında orospu şapkasıyla bu kadar erken saatte nereye götürüldüğünü öğrenmek için en ufak bir merak belirtisi göstermemişti. Uzun düşüncelere daldıktan sonra marki, ona şöyle sordu:

"Tanrı'nın kim olduğunu biliyor musun?"

Kız, hayır anlamında başını salladı.

Ufukta şimşekler çakıyor, uzak gök gürültüleri yankılanıyordu; gökyüzü kapkara bulutlarla örtülü, deniz hırçındı. Bir köşeyi döndüklerinde, kumsaldaki bir çöp yığınının üzerinde mavi panjurlarıyla üç kat yükselen, tek başına, bembeyaz Santa Clara Manastırı çıktı karşılarına. Marki işaretparmağıyla göstererek, "İşte orada," dedi. Sonra da sol yanını işaret etti: "Pencerelerinden her

<hr />

1. Paskalya'dan önceki pazar günü, İsa'nın Kudüs'e girdiği ve halkın onun önüne palmiye yaprakları serdiği kutsal gün. (Ç.N.)
2. Juana la Loca (1479-1555): Kastilya ve Aragon kraliçesi. Eşi Kastilya Kralı Felipe'nin sadakatsizliğinden dolayı ruhsal dengesi bozulmuştur. (Y.N.)

saat denizi göreceksin." Kız hiç oralı olmayınca, kaderiyle ilgili olarak bir daha hiç yapamayacağı bir açıklama yaptı ona:

"Hava değişikliği olsun diye Santa Clara rahibeleriyle birkaç gün geçireceksin."

Paskalya'dan bir önceki pazar olduğundan, döner kapıda her zamankinden daha fazla sayıda dilenci vardı. Onlarla mutfak artıkları için tartışmakta olan birkaç cüzamlı da, ellerini açarak markiye doğru seğirttiler. Marki, bozuk paraları tükenene kadar, her birine birer tane olmak üzere üç-beş kuruş sadaka dağıttı onlara. Döner kapıdaki görevli rahibe, markinin siyah yas giysilerini ve kraliçeler gibi giyimli kızını görünce onlarla ilgilenmek üzere kapıyı açtı. Marki, Sierva María'yı oraya piskoposun emriyle getirdiğini anlattı. Görevli rahibe, bunları söylerkenki ifadesinden herhangi bir kuşkuya kapılmadı. Kızın görünümünü inceleyerek başındaki şapkayı çıkardı.

"Burada şapka giymek yasaktır," dedi ve şapkayı alıkoydu.

Marki, el çantasını da rahibeye vermek istedi, ama o almayarak, "Ona hiç ihtiyacı olmayacak," dedi.

Sierva María'nın iyi tutturulmamış saç örgüsü, neredeyse yerlere kadar açılıvermişti. Rahibe, saçın doğal olduğuna inanamadı. Marki örgüyü yeniden toparlamaya çalıştı. Kız, onun elini iterek, rahibeyi şaşırtan bir beceriyle hiç yardımsız kendisi topladı saçını.

"Bunu kesmek gerek," dedi rahibe.

"Kutsal Meryem'e yapılan ve evleneceği güne kadar sürecek bir adak bu," diye açıkladı marki.

Görevli rahibe bu gerekçeye razı oldu. Kızı elinden tutarak, vedalaşmasına fırsat bırakmadan onu döner kapıdan geçirdi. Kız, yürürken ayak bileği acıdığı için sol ayağının pabucunu çıkardı. Marki pabucu elinde, çıplak

74

ayağıyla seke seke uzaklaştığını gördü onun. Bir an olsun insafa gelerek dönüp kendisine baksın diye boşuna bekledi. Ondan kalan son anı, yaralı ayağını sürüyerek bahçedeki galeriyi geçip, inzivaya çekilenlerin bölümünde gözden kaybolması oldu.

Üç

Santa Clara Manastırı, doğal görünümlü, gölgeli bir bahçenin çevresindeki yarım daireli kemerlerden oluşan galerisi ve birbirinin eşi sayısız pencereleriyle, denize karşı yükselen üç katlı, dört köşe bir yapıydı. Muz ağaççıklarıyla yabani eğreltiotlarının arasında taşlı bir patika, ışığı arayarak çatı terasından daha yükseklere uzanmış zarif bir palmiye ağacı, bir de dallarından vanilya sarmaşıklarıyla salkım salkım orkidelerin sarktığı ulu bir ağaç vardı. Ağacın altında da, üzerinde tutsak *guacamaya*'ların[1] sirk numaraları yaptığı paslı demirden bir çerçevesi olan, suları durgun bir havuz.

Bahçe yapıyı iki ayrı kanada bölmüştü. Sağ yanda, yalıyara çarpıp çekilen dalgaların soluğundan ve ibadet saatlerindeki dua ve ilahilerden pek de rahatsız olmayan inzivadakilerin bulunduğu üç kat vardı. Bu blok, manastırın iç bölümündeki rahibeler kilisenin halka açık neften geçmeden koro bölümüne girebilsinler ve kendileri görünmeden dışarıyı görmelerine olanak sağlayan kafeslerin arkasından ayini dinleyip şarkı söyleyebilsinler diye bir iç kapıyla manastırın şapeliyle bağlantılıydı. Manastı-

---

1. Uzun kuyruklu bir tür Amerika papağanı. (Ç.N.)

rın her yanında tavanları kaplayan, değerli tahtalardan yapılmış olağanüstü tavan bezemeleri, ana altardaki nişlerden birine gömülme hakkına karşılık ömrünün yarısını bu işe adayan bir İspanyol usta tarafından yapılmıştı. Orada neredeyse iki yüzyıllık başrahibelerle piskoposlar ve daha başka ileri gelen kişilerle birlikte mermer kapak taşlarının ardında sıkışmış yatıyordu.

Sierva María, manastıra girdiğinde, hepsi de hizmetkârlarıyla birlikte seksen iki İspanyol ve genel valiliğin belli başlı ailelerinden otuz altı Kreol kızı, burada inzivaya çekilmiş rahibeleri oluşturuyorlardı. Yoksulluk, sessizlik ve iffet yeminlerini ettikten sonra, dışarıyla olan tek bağlantıları, ışığın değil, yalnızca sesin geçebildiği tahta kafesleri bulunan ziyaretçi odasındaki seyrek ziyaretlerdi. Döner kapının bitişiğinde bulunan bu odanın kullanımı, konuşmaları dinleyen bir başka rahibenin eşliğinde olmak koşuluyla, son derece sınırlıydı ve bir yönetmeliğe bağlıydı.

Bahçenin solunda ise, rahibe adaylarıyla, onlara el sanatlarını öğreten rahibelerin kalabalık bir grup oluşturdukları okullar ve her türlü atölye bulunuyordu. Ayrıca burada odun ateşiyle yanan kocaman bir ocağı olan mutfak ve kasap bölümleri, bir de büyük bir ekmek fırını yer alıyordu. Dip tarafta, pek çok köle ailesinin bir arada yaşadığı ve yıkanan çamaşırlar yüzünden her zaman su birikintileri içinde bir avlu, en sonda da iyi bir yaşam sürmek için gereken ne varsa besleyip yetiştirdikleri ahırlar, bir keçi ağılı, bir domuz ahırı, bir sebze bahçesiyle arı kovanları vardı.

Bütün bunların bittiği, olabildiğince uzak ve Tanrı'nın elini çektiği bir yerde de, altmış sekiz yıl boyunca engizisyona zindanlık etmiş ve hâlâ da yoldan çıkmış Klaris rahibelerine zindan olmayı sürdüren, tek başına bir bölüm bulunuyordu. İşte Sierva María'yı da, köpeğin ısırmasından doksan üç gün sonra ve hiçbir kuduz belirtisi görülmeksizin, herkesçe unutulmuş bu köşedeki en son hücreye kapattılar.

Döner kapıda görevli olup onu elinden tutarak alıp götüren rahibe, koridorun sonuna geldiğinde, mutfak yönüne gitmekte olan bir rahibe adayıyla karşılaşmış, ondan kızı başrahibeye götürmesini istemişti. Rahibe adayı, bu derece nazlı ve iyi giyimli bir kızı mutfak bölümünün curcunasına sokmanın yerinde olmayacağını düşünerek, daha sonra almak üzere onu bahçedeki taş banklardan birine oturtup bıraktı. Ama dönüşte onu unutmuştu.

Daha sonra oradan geçen iki rahibe adayı, kızın kolyeleri ve yüzükleriyle ilgilenerek, ona kim olduğunu sordular. Kız, yanıt vermedi. İspanyolca bilip bilmediğini sordular, ama sanki bir ölüyle konuşuyorlardı.

"Herhalde sağır dilsiz," dedi daha genç olan rahibe adayı.

"Ya da Alman," dedi öteki.

Genç olan rahibe adayı, sanki beş duyudan yoksunmuş gibi davranmaya başladı kıza. Ensesine toplanmış olan saç örgüsünü açarak karış karış ölçtü. "Neredeyse dört karış," dedi, kızın kendisini duymadığından emin olarak. Sonra örgüyü açmaya koyuldu ama Sierva María, bakışlarıyla yıldırdı onu. Rahibe adayı, kızı tutarak ona dilini çıkardı.

"Gözlerin tıpkı iblisinkiler gibi," dedi.

Kızın yüzüklerinden birini, hiçbir direnmeyle karşılaşmaksızın parmağından çekip çıkardı, ama öteki rahibe adayı kolyelerine el atmaya kalkışınca, tıpkı bir engerek yılanı gibi, yerinde bir atılımla elini bir anda ısırıverdi. Rahibe adayı elindeki kanı yıkamaya koştu.

Sabah ilahisini okumaya başladıklarında, Sierva María, havuzdan su içmek üzere ilk kez kalkmıştı yerinden.

Ürkerek suyu içmeden yerine döndü ama bunun rahibelerin okuduğu ilahi olduğunu fark edince yeniden havuzun başına döndü. Suyun yüzünde birikmiş çürümüş yaprak tabakasını ustaca bir el hareketiyle iterek küçük kurtçuklara ilişmeden kana kana su içti. Sonra ağacın arkasına çömelip zararlı hayvanlara ve tehlikeli insanlara karşı korunmak için Dominga de Adviento'nun kendisine öğrettiği biçimde eline bir sopa alıp hazır tutarak işedi.

Az sonra oradan geçen iki zenci köle, kızın boynundaki ermişlik kolyelerini tanıdılar ve onunla Yoruba dilinde konuştular. Sierva María aynı dilde hevesle karşılık verdi onlara. Neden orada olduğunu kimse bilmediğinden, köle kızlar onu alıp gürültü patırtı içindeki mutfağa götürdüler; oradaki hizmetkârlar neşeyle karşılamışlardı kızı. O sırada içlerinden biri, Sierva María'nın ayak bileğindeki yarayı fark etti ve orasına ne olduğunu sordu.

"Annem bir bıçakla açtı o yarayı," dedi kız.

Adının ne olduğunu soranlara da zenci adını söyledi: María Mandinga.

Sierva María bir anda kendi dünyasını bulmuştu. Ölmeye direnen bir oğlağı kesmelerine yardım etti. Hayvanın en sevdiği yerleri olan gözlerini çıkarıp yumurtalarını kesti. Mutfaktaki büyüklerle ve avludaki çocuklarla topaç çevirdi, hepsini de yendi. Yoruba, Kongo ve Mandinga dillerinde şarkılar söyledi, bu dilleri anlamayanlar bile onu kendilerinden geçerek dinlemişlerdi. Öğle yemeğinde, domuz yağında pişirilip acı baharatlarla çeşnilendirilmiş oğlak yumurtalarıyla oğlak gözlerinden bir tabak yedi.

O saatte, başrahibe Josefa Miranda'nın dışında artık bütün manastır, kızın orada olduğunu öğrenmişti. Başrahibe, aileden gelen bir dar kafalılık içinde görmüş geçirmiş, kupkuru bir kadındı. Kutsal Mahkeme'nin gölgesinde Burgos'ta yetişmişti, ama hükmetme yeteneğiyle önyargılarının ödün vermezliği ezelden beri içindeydi. Becerikli iki yardımcısı vardı ama olmasalar da olurdu, çünkü başrahibe her şeyle kimsenin yardımı olmaksızın kendisi uğraşıyordu.

Yerel piskoposluğa karşı duyduğu hınç, doğumundan neredeyse yüz yıl önce başlamıştı. Tarihteki bütün büyük kavgalarda olduğu gibi bunun da ilk nedeni, Klaris rahibeleriyle Fransisken piskopos arasında para ve yetki alanı konularında çıkmış olan ufak bir anlaşmazlık olmuştu. Piskoposun uzlaşmaz tutumu karşısında rahibeler sivil yönetimin desteğini sağlamışlar, bu da öyle bir çatışmayı başlatmıştı ki, bir an gelmiş herkesin herkese karşı olduğu bir savaşa dönüşmüştü.

Öteki topluluklar tarafından da desteklenen piskopos, Klarisleri aç bırakarak dize getirmek için manastırı kuşatma altına almış ve *Cessatio a Divinis* ilan etmişti, başka bir deyişle, yeni bir emre kadar kentte her türlü din hizmeti durdurulmuş oluyordu. Halk, gruplara ayrılmıştı ve sivil yetkililerle din yetkilileri, kâh onun kâh bunun desteğiyle birbirlerine kafa tutuyorlardı. Her şeye rağmen, Klaris rahibeleri altı aylık bir kuşatmanın sonunda hâlâ hayatta ve savaş halindeydiler, zaten o sırada yandaşlarının kendilerine yiyecek getirmelerini sağlayacak gizli bir tünel de keşfedilmişti. Ancak bu kez yeni valinin desteğini sağlayan Fransiskenler de, Santa Clara'nın inziva bölümünü basarak rahibeleri dağıtmışlardı.

Ortalığın yatışıp yerle bir edilen manastırın Klarislere geri verilmesi için aradan yirmi yıl geçmesi gerekmişti, ama geçen bir yüzyılın sonunda Josefa Miranda, hâlâ hıncının içinde kısık ateşte pişmeye devam ediyordu. Aynı hıncı rahibe adaylarına da telkin edip, yüreklerinden çok, ta içlerinde yeşertmiş ve bu hıncın kökenindeki bütün kabahatleri piskopos De Cáceres y Virtudes ile onunla ilgili her şeyde yeniden canlandırmıştı. Bu yüzden de,

Casalduero markisinin, cin çarpmanın ölümcül belirtilerini taşıyan on iki yaşındaki kızını piskoposun tavsiyesiyle manastıra getirdiği haberi verildiğinde, tepkisinin ne olacağını kestirmek zor değildi. Başrahibe tek bir soru sordu yalnızca: "Böyle bir marki var mıydı?" Bu sözler çifte öfke taşıyordu, hem piskoposla ilgili bir iş olduğu için hem de "sözde soylular" dediği Kreol soylularının geçerliliğini her zaman yadsıdığı için.

Öğle yemeği saati geldiğinde başrahibe, Sierva María'yı manastırın içinde hâlâ bulabilmiş değildi. Döner kapıda görevli rahibe, yas giysileri içinde bir adamın, kraliçeler gibi giydirilmiş sarışın bir kız çocuğunu şafak sökerken kendisine teslim ettiğini başrahibenin yardımcılarından birine anlatmıştı, ama onunla ilgili hiçbir şey öğrenememişti çünkü tam da dilencilerin Paskalya'dan önceki Kutsal Pazar günü dağıtılan manyok çorbası için tartıştıkları bir sıraya rastlamıştı bu olay. Sözlerinin kanıtı olarak da rengârenk kurdeleli şapkayı vermişti ona. Yardımcı rahibe, kızı ararlarken başrahibeye gösterdi şapkayı, o da kime ait olduğunu hemen anladı. Şapkayı parmaklarının ucuyla olabildiğince uzakta tutarak inceledi.

"Başında aşüfte şapkasıyla tam bir küçük hanımefendi," dedi. "Ne dolaplar çevirdiğini şeytan bilir."

Başrahibe, sabahın dokuzunda ziyaretçi odasına gitmek üzere oradan geçerken duvarcı ustalarıyla bir çeşme işinin fiyatını tartışmak için bahçede oyalanmış, ama taş bankta oturan kızı görmemişti. Oradan pek çok kez geçmiş olmaları gereken başka rahibeler de görmemişlerdi onu. Parmağından yüzüğünü alan iki rahibe adayı, sabah ilahisini okuduktan sonra oradan geçerlerken onu görmediklerine yemin ediyorlardı.

Başrahibe manastırın bütün içini dolduran tek sesli bir şarkı duyduğunda öğle uykusundan yeni uyanmıştı. Yatağının yanında asılı duran kordonu çekti, odanın yarı karanlığı içinde bir anda bir rahibe adayı beliriverdi. Başrahibe, böylesine kusursuz bir biçimde şarkı söyleyenin kim olduğunu sordu.

"O kız," dedi rahibe adayı.

Hâlâ yarı uykulu olan başrahibe, şöyle mırıldandı: "Ne güzel bir ses." Hemen arkasından da yerinden sıçradı: "Hangi kız?"

"Bilmiyorum," dedi rahibe adayı. "Arka avluyu sabahtan beri birbirine katan biri."

"Ulu Tanrım!" diye haykırdı başrahibe.

Yataktan fırladı. Manastırı bir uçtan bir uca uçarcasına geçti ve sese göre yönünü bularak hizmetkârların avlusuna vardı. Sierva María saçları yerlere kadar açılmış olarak, büyülenmiş hizmetkârların ortasında bir tabureye oturmuş şarkı söylüyordu. Başrahibeyi görür görmez şarkı söylemeyi bıraktı.

Başrahibe boynunda asılı olan haçı havaya kaldırarak, "Kutsal Meryem Ana!" diye haykırdı.

"Tertemiz günahsız bakire," diye tamamladı ötekiler.

Başrahibe, elindeki haçı Sierva María'ya karşı bir silah gibi sallayarak, *Vade retro!*[1] diye bağırdı. Hizmetkârlar geri çekilerek kızı, gözlerini bir noktaya dikmiş olarak tetikte bekler bir halde, oturduğu yerde yalnız bırakmışlardı.

"Şeytanın evladı!" diye haykırdı başrahibe. "Bizi şaşırtmak için görünmez oldun!"

Kızın ağzından tek kelime almayı başaramamışlardı. Rahibe adaylarından biri, onu elinden tutup götürmek istedi, ama başrahibe, dehşet içinde engelledi onu.

"Dokunma ona!" diye bağırdı. Sonra da oradakilerin hepsine seslendi: "Kimse dokunmasın ona!"

---

1. (Lat.) "Geri çekil". Şeytan çıkarma ayinlerinde kullanılan, *"Vade retro satana"* (Geri çekil iblis) kalıbının bir parçası.(Y.N.)

Sonunda tepinir ve çevresindekilere köpek gibi dişlerini geçirmeye çabalar bir halde onu zorla yakalayıp zindan bölümünün en sonuncu hücresine götürdüler. Yolda giderlerken kendi pisliklerine bulanmış olduğunu fark edip ahırda üzerine kova kova sular dökerek yıkadılar.

"Bu kentte bunca manastır var, piskopos efendi de kalkmış bize yolluyor böyle pislikleri," diye söylendi başrahibe.

Hücre, bezemelerinde termitlerin çıkıntılar oluşturduğu çok yüksek tavanlı, duvarları pürüzlü, geniş bir odaydı. Odanın tek kapısının yanında, yuvarlatılmış tahtadan parmaklıkları bulunan ve kanatlarına kol demiri vurulmuş büyük boy bir pencere vardı. Denize bakan dipteki duvarda, tahta kafesle kapatılmış bir pencere daha bulunuyordu. Yatak, içi samanla doldurulmuş ve kullanılmaktan yıpranmış bezden bir şiltesi olan beton bir çıkıntıdan oluşuyordu. Oturmak için taştan bir seki, duvara çivilenmiş tek bir haçın altında da hem altar hem de lavabo yerine geçen bir masa vardı. Sierva María'yı, saç örgüsüne varana kadar sırılsıklam olmuş ve korkudan tir tir titrer bir halde, şeytana karşı verilen bin yıllık savaşı kazanmak için eğitim görmüş bir gardiyanın gözetimi altında, oraya bıraktılar.

Sierva María, yatağın üzerine oturarak gözlerini zırhlı kapının demir parmaklıklarına dikmişti; öğleden sonra saat beşte kahvaltı tepsisini götüren hizmetçi kız, onu böyle buldu. Kızı görünce hiç istifini bozmamıştı. Hizmetçi, Sierva María'nın boynundaki kolyeleri çıkarmaya yeltendi, o da bileğinden yakalayarak onları bırakmaya zorladı hizmetçiyi. O gece yazılmaya başlanan tutanaklarda, hizmetçi kız, başka dünyalardan bir gücün kendisini yere devirdiğini ileri sürecekti.

Kapı kapatılıp zincir sesleri ve asma kilidin içinde anahtarın iki kez dönmesi işitilirken kız, yerinden hiç kıpırdamamıştı. Yiyecek neler olduğuna baktı: kurutulmuş et kırıntıları, manyok unundan bir parça ekmek, bir fincan da çikolata. Manyok ekmeğinin tadına bakarak çiğneyip tükürdü. Yatağa yüzükoyun uzandı. Denizin mırıltısını, yağmur getiren rüzgârı ve mevsimin ilk gök gürültülerini duyuyordu. Ertesi sabah şafak sökerken kahvaltıyla birlikte yeniden gelen hizmetçi kız, dişleri ve tırnaklarıyla içini dışına çıkardığı şiltenin ot yığınları üzerinde uyur buldu onu.

Öğle yemeği saatinde, manastırın inziva yemini etmemiş olan sakinlerinin yemekhanesine götürülmeye uysallıkla razı oldu. Burası, koca koca pencerelerinden denizin parlaklığının içeriye kucak kucak girdiği ve dalgaların yalıyardaki patlamasının çok yakından duyulduğu, yüksek kubbeli, geniş bir salondu. Çoğu genç olan yirmi rahibe adayı, çift sıra halinde dizilmiş kaba saba masalarda oturuyorlardı. Üzerlerinde adi şayaktan giysiler vardı, saçları kırpılmıştı, hepsi de neşeli ve saftılar; karavana yemeklerini cin çarpmış biriyle aynı masada yiyor olmanın heyecanını da gizlemiyorlardı.

Sierva María'yı, giriş kapısının yakınına, kendisiyle ilgilenmeyen iki gardiyanın arasına oturtmuşlardı; yiyeceklerin tadına bile bakmıyordu. Rahibe adaylarınınki gibi bir gömlekle hâlâ ıslak olan pabuçlarını giydirmişlerdi. Yemek yerlerken kimse dönüp de bakmadı ona, ama yemeğin sonunda birkaç rahibe adayı çevresini sararak hayranlıkla boncuklarını seyre koyuldular. İçlerinden biri kolyesini çıkarmaya yeltendi. Sierva María, şaha kalkmıştı. Kendisini tutmaya çalışan gardiyanları bir silkinişte attı üzerinden. Masanın üzerine çıktı, borda bordaya bir gemi saldırısının curcunası içinde gerçekten cin çarpmışçasına avaz avaz bağırarak bir uçtan öbür uca koşmaya başladı. Önüne ne çıktıysa hepsini kırıp döktü, pencereden atlayıp avlunun çardağını yerle bir etti, arı kovanlarının altını üstüne getirdi, ahırların korkuluklarıyla ağılların çitlerini devirdi. Arılar ortalığa dağılmış, hayvanlar ürküp panik halinde bağrışarak manastırın yatakhanelerine bile dalmışlardı. O günden sonra manastırda ne olsa, Sierva María'nın kötü büyüsüne yoruluyordu. Rahibe adaylarının pek çoğu, doğaüstü bir vızıltı çıkaran saydam kanatlarla uçtuğunu tutanaklarda ileri sürmüşlerdi. Hayvanları ahırlara kapatıp arıları peteklerine kadar kırlarda kovalamak ve ortalığı düzene sokmak için bir köle ordusunun iki gün boyunca çalışması gerekmişti. Domuzların zehirlendikleri, suların hezeyanlara neden olduğu, ürken tavuklardan birinin damların tepesinden uçarak denizin üzerinde ufukta gözden kaybolduğu söylentileri ortalığa yayılmıştı. Ama Klaris rahibelerinin duydukları dehşet çelişkiliydi, çünkü başrahibenin ortalığı velveleye vermesine ve her birinin kendi korkusuna rağmen, Sierva María'nın hücresi herkes için bir ilgi odağı haline dönüşmüştü.

Manastırda ortalıktan el ayak çekilmesi, saat yedide okunan akşam duasından sabah altı ayinindeki ilk duaya kadar sürüyordu. Işıklar söndürülüyor, yetkili pek az hücrede yanar bırakılıyordu yalnızca. Yine de manastır hayatı, hiç o saatlerdeki kadar hareketli ve özgür olmuyordu. Koridorlarda gölgeler sürekli gidip geliyor, bastırılmaya çalışılan bir telaş içinde kesik kesik mırıltılar duyuluyordu. En akla gelmedik hücrelerde, ister İspanyol destesiyle[1] olsun, ister hileli zarlarla kumar oynanıyor, kaçak içkiler içiliyor ve Josefa Miranda manastırın inziva bölümünde yasakladığından beri gizli gizli sarılan sigaralar tüttürülüyordu. Manastırın içinde cin çarpmış bir kız çocuğunun bulunması, yepyeni bir serüven yaşamanın çekiciliğini taşıyordu.

---

1. Fransızların 52'lik destesine karşılık, İspanyolların 48'lik destesindeki iskambil cinsleri, altın para, kupa, kılıç ve topuzdur. (Ç.N.)

En katı rahibeler bile, ortalıktan çekilme saatinden sonra manastırın inziva bölümünden kaçıp ikili üçlü gruplar halinde Sierva María'yla konuşmaya gidiyorlardı. Kız, onları önce tırnaklarını göstererek karşılamış, ama çok geçmeden her birini kendi huylarına ve her bir gecenin havasına göre idare etmeyi öğrenmişti. Sık sık karşılaştığı bir istek, gerçekleşmesi olanaksız dileklerde bulunmak üzere şeytanla kendilerine aracılık yapmasıydı. Sierva María, mezar ötesi seslerini, gırtlaklanma seslerini ve her türlü şeytani sesleri taklit ediyor, rahibelerin çoğu da onun bu aldatmacalarına inanarak tutanaklara gerçek olarak geçirtiyorlardı. Kılık değiştirerek kol gezen bir grup rahibe, uğursuz bir gecede Sierva María'nın hücresini basarak ağzını tıkamışlar ve onun kutsal kolyelerini boynundan almışlardı. Ama geçici bir zafer olmuştu bu. Kaçma telaşı içindeyken saldırganların elebaşısı, karanlıkta ayağı merdivene takılarak düşmüş, kafası patlamıştı. Arkadaşları da, çaldıkları kolyeleri sahibine geri verene kadar bir an olsun rahat yüzü göremediler. Ondan sonra bir daha kimse geceleri hücreye dadanmaya kalkışmadı.

Casalduero markisi için yas günleriydi bunlar. Yaptığı işten pişmanlık duyması, kızı manastıra kapatmasından daha kısa sürmüş ve öyle büyük bir kedere boğulmuştu ki, bundan bir daha asla kurtulamayacaktı. Acaba sayısız pencerelerinden hangisinin ardında Sierva María kendisini düşünüyor diye merak ederek manastırın çevresinde dolandı durdu. Eve döndüğünde Bernarda'yı akşamın ilk saatlerinde terasta hava alırken buldu. Kendisine Sierva María'yı soracağı düşüncesiyle ürperdi, ama kadın ona bakmadı bile.

Marki çoban köpeklerini salıvererek, sonsuz bir uykuya dalma hayali içinde yatak odasındaki hamağa uzandı. Alize rüzgârları geçmişti, boğucu bir geceydi. Bataklıklardan sıkıcı havadan sersemlemiş her türlü haşarat ve etobur sivrisinek sürüleri yayılıyor, onları kaçırmak için yatak odalarında taze inek tersi yakmak gerekiyordu. Herkes bir uyuşukluğun içine gömülüp kalmıştı. O sıralar yılın ilk sağanağı, sonsuza kadar dinmesi için yalvaracakları altı ay sonrasındaki aynı özlemle bekleniyordu.

Tanyeri henüz ağarmaya başlarken marki, kalkıp Abrenuncio'nun evine gitti. Daha yeni oturmuştu ki acısını paylaşmanın verdiği sonsuz bir ferahlığı peşinen duydu içinde. Sözü döndürüp dolaştırmadan hemen girdi konuya:

"Kızı Santa Clara'ya teslim ettim."

Abrenuncio, bir şey anlamamıştı; marki bir sonraki darbeyi indirmek için onun bu şaşkınlığından yararlanarak, "İçindeki şeytanı kovacaklar," dedi.

Hekim derin bir soluk alarak örnek bir sükûnetle şöyle karşılık verdi:

"Hepsini anlatın bana."

Bunun üzerine marki, her şeyi anlattı: piskoposa yaptığı ziyareti, dua etme özlemini, gözü kapalı karar vermesini, uykusuz geçirdiği geceyi. Zevk için olsun kendine en ufak bir sır bile ayırmayan gerçek bir Hıristiyanın teslimiyeti olmuştu bu.

"Bunun, Tanrı'nın buyruğu olduğundan eminim," diye sözünü tamamladı.

"Demek inancınızı yeniden kazandınız," dedi Abrenuncio.

"İnsan hiçbir zaman inancını tam olarak yitirmez," diye karşılık verdi marki. "İçinde hep bir kuşku kalır."

Abrenuncio ne demek istediğini anlamıştı. Artık inanmaz olmanın, daha önce inancın bulunduğu yerde silinmez bir yara izi bıraktığını düşünmüştü hep. Ona asıl anlaşılmaz gelen, insanın öz kızını şeytan kovma cezasına çarptırabilmesiydi.

"Bununla zencilerin büyüleri arasında pek fazla bir

fark yok," dedi. "Hatta bu daha da beter çünkü zenciler tanrılarına horoz kurban etmekten öteye geçmezler, oysa Kutsal Mahkeme, masum insanları işkence aletiyle parça parça etmekten ya da halkın gözleri önünde diri diri yakmaktan zevk alır."

Markinin piskoposa yaptığı ziyarette Monsenyör Cayetano Delaura'nın da hazır bulunması, uğursuz bir belirti olarak görünmüştü ona. "O bir cellattır," dedi, sözü döndürüp dolaştırmadan. Sonra da eskiden pek çok akıl hastasına cin çarpmış ya da mezhep sapkını diye verilmiş olan ateşte diri diri yakılma cezalarını bir bir sayıp dökmeye koyuldu.

"Onu öldürmenin, diri diri gömmekten daha Hıristiyanca olduğuna inanıyorum," diye sözünü tamamladı.

Marki istavroz çıkardı. Abrenuncio, markinin yas giysileri içindeki hayalet gibi titrek görüntüsüne baktı ve ruhunda doğuştan var olan belirsizliğin gözlerine yansıyan ışıltılarını gördü yeniden.

"Çıkarın onu oradan," dedi markiye.

"Zaten onu inzivadakilerin bölümüne doğru yürürken gördüğümden beri bütün istediğim bu," diye karşılık verdi marki. "Ama Tanrı'nın iradesine karşı gelecek gücü bulamıyorum kendimde."

"Öyleyse oturun," dedi Abrenuncio. "Belki de günün birinde Tanrı bunun karşılığını verir size."

O gece marki, piskopostan huzura kabul edilme dileğinde bulundu. Karmaşık bir ifadeyle ve çocukça bir elyazısıyla kaleme aldığı bu dilekçesini, yerine varacağından emin olmak için bizzat kendisi teslim etti kapıcıya.

Sierva María'nın şeytan kovma ayinine hazır olduğu, piskoposa pazartesi günü bildirilmişti. Piskopos, sarı çançiçekleriyle kaplı terasında akşam kahvaltısını yeni bitirmişti; bu habere öyle özel bir ilgi göstermedi. Az ama öyle ağır ağır ve özenle yemek yerdi ki, bu seremoniyi üç saat uzatabilirdi. Karşısında oturan Peder Cayetano Delaura, yapmacıklı bir ses tonu ve biraz da teatral bir tavırla kitap okuyordu ona. Her iki özellik de, kendi zevkine ve ölçütüne göre seçtiği kitaplara son derece uygundu.

Eski saray, piskopos için fazlasıyla büyüktü; ziyaretçi salonuyla yatak odası, bir de yağmur mevsimi başlayana kadar öğlen uykularına yattığı, yemek yediği üstü açık teras yetiyordu ona. Sarayın öbür kanadında ise, Cayetano Delaura'nın kurup zenginleştirerek ustaca yönettiği, zamanında Antiller'in en iyileri arasında bulunan piskoposluk kitaplığı vardı. Sarayın geri kalanı da, iki yüzyılın süprüntülerinin biriktiği on bir kapalı odadan oluşuyordu.

Sofrada dönüşümlü olarak hizmet eden görevli rahibenin dışında, Cayetano Delaura, piskoposun evine yemek saatinde girebilen tek kişiydi; bu da, söylendiği gibi kişisel ayrıcalıklarından değil, bir kitap okuyucusu olarak edindiği saygınlıktan ileri geliyordu. Ne belirli bir görevi vardı ne de kitaplık görevlisi olmaktan öte bir unvanı, ama piskoposa yakınlığı nedeniyle onun gerçek vekili gözüyle bakılıyor, piskoposun herhangi bir önemli kararı onsuz alabileceğini kimse düşünemiyordu. Delaura'nın, sarayla içeriden bağlantısı olan bitişikteki bir evde kendisine ait bir hücresi vardı; piskoposluk görevlilerinin bürolarıyla odaları, ayrıca piskoposun ev işlerine bakan yarım düzine rahibenin kaldığı odalar da aynı evin içindeydi. Yine de Delaura'nın asıl evi, bazen günde on dört saat çalışıp okuduğu ve uykusu aniden bastırdığında uyuyabileceği bir portatif yatağın bulunduğu kitaplık bölümüydü.

O tarihî akşamdaki yenilik, Delaura'nın okuma sırasında birçok kez takılmış olmasıydı. Bundan daha da alışılmadık bir başka şey de, bir sayfayı yanlışlıkla atlaması ve farkına varmadan okumayı sürdürmesi olmuştu. Piskopos, minicik simyacı gözlüklerinin ardından izlemeye koyuldu onu, ta ki bir sonraki sayfaya geçene kadar; ve o zaman alaylı bir ifadeyle sözünü kesti:

"Ne düşünüyorsun?"

Delaura, irkilmişti.

"Boğucu havadan olmalı," dedi. "Neden sordunuz?"

Piskopos gözlerinin içine bakmayı sürdürüyordu.

"Eminim ki boğucu havadan daha başka bir şey," dedi. Sonra da aynı ses tonuyla yineledi: "Ne düşünüyordun?"

"Kızı düşünüyordum," dedi Delaura.

Hiçbir açıklamada bulunmadı, çünkü markinin ziyaretinden beri onlar için dünyada Sierva María'dan başka kız yoktu. Ondan öyle çok söz etmişlerdi ki. İkisi baş başa verip, cin çarpma olaylarıyla ve şeytan kovucu ermişlerle ilgili anılarını tazelemişlerdi. Delaura içini çekti:

"Rüyamda onu gördüm."

"Nasıl olur da yüzünü hiç görmediğin bir kimseyi rüyanda görürsün?" diye sordu piskopos.

"Bir kraliçenin pelerini gibi ardında sürüklediği saçlarıyla on iki yaşında küçük bir Kreol markizi olarak gördüm," dedi. "Başka nasıl olabilir?"

Piskopos, ne ilahi hayallerin adamıydı ne de mucizelerin ya da ibret alınacak afetlerin. Onun krallığı bu dünyadaydı. Bu yüzden başını inançsızlıkla sallayarak yemek yemeyi sürdürdü. Delaura, daha fazla dikkatini vererek okumasına yeniden başlamıştı. Yemeğini bitirince piskoposun salıncaklı sandalyeye oturmasına yardım etti. Piskopos, yerine gönlünce yerleşince şöyle dedi:

"Şimdi anlat bakalım şu gördüğün rüyayı."

Çok basit bir rüyaydı. Delaura, Sierva María'yı, karlarla kaplı kırlara karşı bir pencerede oturmuş, kucağında duran bir salkımın üzümlerini birer birer koparıp yerken görmüştü. Kopardığı her üzüm tanesi, salkımda hemen yeniden çıkıyordu. Kızın, üzüm salkımını bitirmeye uğraşarak sonsuzluğa bakan o pencerenin önünde uzun yıllardan beri oturduğu belli oluyordu; acelesi de yoktu çünkü son üzüm tanesiyle birlikte ölümün geleceğini biliyordu.

"En acayip yanı da," diye anlatmasını tamamladı Delaura, "kırlara baktığı pencere, tıpkı üç gün kar yağıp da koyunların karda boğularak öldükleri o kış Salamanca'daki pencere gibiydi."

Piskopos etkilenmişti. Cayetano Delaura'yı, rüyalarının gizli anlamlarını dikkate almazlık edemeyecek kadar iyi tanıyor ve seviyordu. Delaura, piskoposlukta olduğu kadar piskoposun gönlünde de işgal ettiği yeri, pek çok yeteneği ve iyi huylarıyla haklı olarak edinmişti. Piskopos akşam saatlerindeki üç dakikalık uykusunu kestirmek üzere gözlerini yumdu.

O arada Delaura, akşam duasını onunla birlikte etmeden önce, aynı masada yemeğini yedi. Daha bitirmemişti ki, piskopos salıncaklı sandalyesinde gerinerek, hayatının kararını açıkladı:

"Bu konuyu sen üstlen."

Bunu, gözlerini açmadan söylemiş ve aslan kükremesi gibi bir horlama sesi çıkarmıştı. Delaura, yemeğini bitirerek, çiçek açmış sarmaşıkların altındaki her zamanki koltuğuna oturdu. O zaman gözlerini açtı piskopos.

"Bana yanıt vermedin," dedi.

"Uykuda söylediğinizi sandım," dedi Delaura.

"Şimdi uyanık olarak yineliyorum," dedi piskopos. "Kızın sağlığını sana emanet ediyorum."

"Başıma gelen en tuhaf olay," dedi Delaura.

"Olmaz mı demek istiyorsun?"

"Ben şeytan kovucu değilim ki sayın hocam," dedi

Delaura. "Buna kalkışmaya ne kişiliğim uygun ne eğitimim ne de bilgim. Dahası, ikimiz de biliyoruz ki Tanrı bana başka bir yol gösterdi."

Gerçekten de öyleydi. Piskoposun girişimleriyle Delaura, Vatikan kitaplığındaki Sefarad eserlerinin gözetiminden sorumlu olacak üç kişilik aday listesinde bulunuyordu. Ama bunu ikisi de bildikleri halde aralarında ilk kez sözü ediliyordu.

"Daha iyi ya," dedi piskopos. "Başarıya ulaşılacak olursa kızın olayı, bize gereken desteği sağlayabilir."

Delaura, kadınlarla anlaşma konusundaki beceriksizliğinin bilincindeydi. Onların, gerçeklerin tehlikeli sularında kazaya uğramadan seyredebilmek için yalnız kendilerine özgü bir sağduyuya sahip oldukları kanısındaydı. Sierva María gibi korumasız bir çocuk da olsa, onlardan biriyle yalnızca karşılaşma düşüncesi bile avuçlarını buz gibi bir terin kaplamasına yetiyordu.

"Hayır efendim," diye kararını verdi. "Bunu yapabilecek güçte hissetmiyorum kendimi."

"Yalnızca o güce değil," dedi piskopos, "başka herhangi birinde olmayan fazladan bir şeye daha sahipsin; o da sendeki esin kaynağı."

Son söz olmaması için fazlasıyla tumturaklıydı bu söylediği. Yine de piskopos, öneriyi hemen kabul etmesi için zorlamayıp, o gün başlayacak olan Paskalya yası sonrasına kadar ona bir düşünme süresi tanıdı.

"Gidip kızı görüver," dedi Delaura'ya, "ve konuyu derinliğine inceleyip bana bilgi ver."

İşte böylece Cayetano Alcino del Espíritu Santo Delaura y Escudero, otuz üç yaşını bitirmiş olarak, Sierva María'nın hayatına girdi ve kentin tarihine de geçmiş oldu. Piskoposun Salamanca'daki ünlü ilahiyat kürsüsünde öğrencisi olmuş, o yılki mezunların arasında en yüksek dereceyle öğrenimini tamamlamıştı. Babasının, doğrudan Garcilaso de la Vega'nın[1] soyundan geldiği inancındaydı; ona karşı neredeyse tapınma derecesinde bir hayranlık besliyor, bunu da hemen belli ediyordu. Annesi, ailesiyle birlikte İspanya'dan göç etmiş olan, Mompox eyaletinden San Martín de Loba'lı bir Kreol'dü. Delaura, Nuevo Reino de Granada'ya[2] gelip ailesinden kalma nostaljileri tadana kadar, annesinden herhangi bir şey aldığına inanmıyordu.

Piskopos De Cáceres y Virtudes, Salamanca'dayken Delaura'yla ilk kez konuştuğunda, zamanının Hıristiyanlığına bezeyen o ender değerlerden biriyle karşı karşıya olduğunu hissetmişti. Dondurucu bir şubat sabahıydı, pencereden karlar altındaki kırlar, arkada da ırmak kenarındaki bir dizi kavak ağacı görünüyordu. O kış manzarası, genç ilahiyatçının peşini ömrü boyunca bırakmayacak olan sürekli bir rüyanın çerçevesini oluşturacaktı.

O söyleşi sırasında elbette kitapları da ele almışlardı ve piskopos, Delaura'nın o yaşında onca kitap okumuş olabileceğine inanamıyordu. Delaura, ona Garcilaso'dan söz etmiş, hocası ise, onu pek iyi tanımadığını kabullenmişti; eserlerinin tümünde Tanrı'nın adını iki kezden fazla ağzına almayan putperest bir şair olarak hatırlıyordu onu.

"O kadar da az değil," dedi Delaura. "Ama bu, Rönesans'ın inançlı Katolikleri arasında bile o kadar az rastlanan bir şey değildi."

Delaura ilk rahiplik yeminini ettiğinde, hocası, piskopos olarak henüz atandığı, belirsizliklerle dolu Yucatán[3]

---

1. Garcilaso de la Vega (1501-1536): İspanyol edebiyatının altın çağındaki en önemli klasik şairlerden biri. (Ç.N.)

2. Yeni Granada Krallığı, İspanyol egemenliği sırasında Kolombiya'ya verilen ad. 1819'da Gran Colombia (Büyük Kolombiya) adını almış, 1831-1858 arasında da Confederación Granadina'ya (Granada Konfederasyonu) dönüşmüştür. (Ç.N.)

3. Orta Amerika'da, bugün büyük bir bölümü Meksika'nın olan Yucatán Yarımadası. (Ç.N.)

krallığına kendisiyle birlikte gelmesini önermişti. Hayatı yalnızca kitaplardan tanıyan Delaura'ya, annesinin o uçsuz bucaksız dünyası, kendisi için hiçbir zaman gerçekleşemeyecek bir rüya gibi görünüyordu. Karların içinden taşlaşmış koyunları çıkardıkları bir sırada, o boğucu sıcağı, hayvan leşlerinden yükselen o bitmek bilmez kötü kokuyu, buharları tüten bataklıkları hayal bile edemiyordu. Oysa Afrika'da savaşlara katılmış olan piskopos için bunları kavramak çok daha kolaydı.

"Din adamlarımızın Antiller'de mutluluktan çıldırdıklarını duymuştum," dedi Delaura.

"Bazıları da kendilerini asıyorlar," diye karşılık verdi piskopos. "Orası, oğlancılığın, putperestliğin ve yamyamlığın kol gezdiği bir krallık." Sonra da önyargılı olmaksızın ekledi: "Tıpkı Mağribi ülkesi gibi."

Ama aynı zamanda en çekici yanının bu olduğu kanısındaydı. Hıristiyan uygarlığının zenginliklerini çölde vaaz vermek gibi yöntemlerle kabul ettirebilecek düzeyde savaşçılara ihtiyaç vardı. Yine de yirmi üç yaşındaki Delaura, salt inançla bağlı olduğu Ruhülkudüs'ün sağ kolu olana kadar yolunun çizilmiş olduğuna inanıyordu.

"Bütün yaşamım boyunca Vatikan Kütüphanesi'nin başyöneticisi olmanın hayalini kurdum," dedi. "İşe yarayabileceğim tek görev bu."

Toledo'da onu bu hayaline eriştirebilecek bir görev için sınava katılmıştı ve kazanacağından emindi. Ama hocası inatla diretiyordu.

"Yucatán'da kitaplık görevlisi olarak azizliğe ermek, Toledo'da eziyet çekerek ermekten daha kolaydır," dedi ona.

Delaura da, alçakgönüllülük göstermeksizin karşılık verdi:

"Tanrı bana bu görevi bağışlayacak olsaydı, aziz değil melek olmak isterdim."

Hocasının önerisi üzerinde düşünmeyi daha bitirmemişken Toledo'ya atanmış, ama Yucatán'ı yeğlemişti. Ancak oraya asla ulaşamayacaklardı. Fırtınalı bir denizde yetmiş gün geçirdikten sonra Rüzgârüstü Boğazı'nda[1] gemileri batmış, kendilerini kurtaran döküntü bir gemi konvoyu tarafından Darién'deki[2] Santa María la Antigua'da kaderleriyle baş başa bırakılmışlardı. Orada, Kalyon Filosu'nun postasını boşuna bekleyerek bir yıldan fazla kalmışlar, sonunda piskopos De Cáceres'i, bu topraklarda, sahibinin beklenmedik ölümüyle boşalmış olan bir kadroya geçici görevle atamışlardı. Kendilerini yeni yerlerine götürmekte olan tekneden uçsuz bucaksız Urabá ormanlarını görünce Delaura, Toledo'daki kasvetli kış aylarında annesinin çektiği özlemleri anlamıştı. Hayallerle dolu alacakaranlık saatleri, ürkütücü kuşlar, mangrov ormanlarının çürümüş yaprakları, hiç yaşamamış olduğu bir geçmişin yürekten duyulan anıları gibi gelmişti ona.

"Beni annemin anayurduna getirmek için işleri bu kadar güzel ancak Ruhülkudüs ayarlayabilirdi," demişti.

Aradan on iki yıl geçtiğinde piskopos, Yucatán hayalinden vazgeçmişti. Tam tamına yetmiş üç yaşındaydı, astımdan ölmek üzereydi ve Salamanca'da kar yağışını bir daha asla göremeyeceğini biliyordu. Sierva María'nın manastıra girdiği günlerde, müridine Roma'nın yolunu açar açmaz görevden çekilme kararını vermiş bulunuyordu.

Cayetano Delaura, ertesi gün Santa Clara Manastırı'na gitti. Sıcağa rağmen üzerinde ham yünden cüppesi, elinde de, iblise karşı verilecek savaşın ilk silahları olan bir şişe kutsanmış su ile ayin yağlarının bulunduğu bir kap

1. Küba ile Haiti adaları arasındaki geçit. (Ç.N.)
2. Panama'nın bir bölgesi. (Ç.N.)

vardı. Başrahibe onu daha önce hiç görmemişti, ama zekâsının ve gücünün kopardığı fırtına, manastırın sessizliğini çoktan bozmuştu. Onu sabahın altısında ziyaretçi odasında karşıladığında, genç tavırları, eziyet çekmişlere özgü solgunluğu, sesinin madensel tınısı, beyaz perçeminin acayipliği başrahibeyi etkilemişti. Ama onun piskoposun savaşçısı olduğunu unutturmaya yetecek hiçbir erdem olamazdı. Buna karşılık, Delaura'nın dikkatini çeken tek şey horozların kopardığı yaygara olmuştu.

"Sayıları altıyı geçmiyor, ama sanki yüz taneymişler gibi ötüyorlar," dedi başrahibe. "Dahası, domuzlardan biri konuştu, bir keçi de üçüz doğurdu." Sonra da hırsla ekledi: "Piskoposunuz bize o uğursuz armağanı yollamak lütfunda bulunduğundan beri her şey böyle oldu."

Öylesine coşkuyla çiçek açtığı için sanki doğal değilmiş etkisi yapan bahçe de başrahibeyi aynı biçimde telaşlandırıyordu. Oradan geçerlerken, çiçeklerin gerçekdışı büyüklük ve renklerde olduğuna, bazılarının da dayanılmaz kokular saçtığına Delaura'nın dikkatini çekti. Gündelik yaşamdaki her şeyde ona göre doğaüstü bir şeyler vardı. Söylediği her bir sözle Delaura onun kendisinden daha güçlü olduğunu hissetmiş, hemen silahlarını bilemeye koyulmuştu.

"Kızı cin çarptığını söylemedik biz," dedi, "yalnızca öyle olduğunu düşündürecek nedenler olduğunu söyledik."

"Gördüklerimiz her şeyi kendiliğinden anlatıyor," dedi başrahibe.

"Dikkat edin," dedi Delaura. "Bazen anlamadığımız bazı şeyleri, Tanrı'nın anlamadığımız şeyleri olabileceğini düşünmeden şeytana yorarız."

"Aziz Tomas söylemişti, ben de ona inanıyorum," dedi başrahibe. "İblislere, doğruyu söyledikleri zaman bile inanmamak gerekir."

Manastırın ikinci katında sessizlik başlıyordu. Bir

yanda gündüzleri asma kilitle kapatılan boş hücreler vardı, karşılarında da denizin enginliğine açılan bir dizi pencere. Rahibe adayları işleriyle uğraşıyor gibi görünüyorlardı, ama aslında zindan bölümüne doğru giderlerken akılları başrahibeyle ziyaretçisindeydi.

Koridorun, Sierva María'nın hücresinin bulunduğu son bölümüne varmadan önce, bir kasap bıçağıyla iki arkadaşını öldürdüğü için ömür boyu hapis cezasına çarptırılmış eski bir rahibe olan Martina Laborde'nin hücresinin önünden geçtiler. Onları neden öldürdüğünü hiçbir zaman itiraf etmemişti. On bir yıldan beri oradaydı ve işlediği suçtan çok, başarısız firarlarıyla tanınıyordu. Ömür boyu zindanda olmanın, manastıra kapanmış bir rahibe olmakla aynı şey olduğunu asla kabul etmemişti ve bu ilkesine öylesine bağlıydı ki, mahkûmiyetini, manastırın inziva bölümünde hizmetçi olarak sürdürmeyi önermişti. Dinine gösterdiği aynı coşkuyla bağlı olduğu dindirilemez saplantısı, yeniden öldürmek zorunda kalsa bile özgür olmaktı.

Delaura, biraz da çocukça merakını yenemeyerek, kapıdaki küçük pencerenin demir parmaklıkları arasından hücreye bir göz attı. Martina'nın arkası dönüktü. Kendisine bakıldığını sezinleyince kapıya doğru döndü ve Delaura o anda hissetti onun büyüsündeki gücü. Başrahibe, tedirginlikle onu pencereden uzaklaştırdı.

"Dikkat edin," dedi. "Bu yaratıktan her şey beklenir."

"O kadar mı?" diye sordu Delaura.

"O kadar," dedi başrahibe. "Elimde olsaydı, çoktan serbest bırakırdım. Bu manastır için fazlasıyla büyük bir huzursuzluk kaynağı."

Gardiyan kapıyı açtığında, Sierva María'nın hücresinden nemli bir küf kokusu yayıldı. Kız, şiltesiz taş yatağın üzerinde elleri, ayakları deri kayışlarla bağlanmış olarak sırtüstü yatıyordu. Ölüye benziyordu, ama gözlerinde denizin ışıltısı vardı. Delaura, onun tıpkı rüyasındaki gibi olduğunu gördü; bedenini bir titreme sarmış, buz gibi bir terle sırılsıklam olmuştu. Gözlerini yumdu, inancının bütün gücüyle alçak sesle dua etmeye başladı; duası bittiğinde kendini toparlamıştı.

"Bu zavallı yavrucağı hiçbir cin çarpmış olmasa da, şimdi çarpması için buradaki hava son derece uygun," dedi.

Başrahibe şöyle karşılık verdi:

"Layık olmadığımız bir onur olurdu bu."

Çünkü hücreyi tertemiz tutmak için her şeyi yapmışlardı, ama Sierva María pisliği kendisi üretiyordu.

"Bizim savaşımız ona karşı değil, onun içindeki cinlere karşı," dedi Delaura.

Yerdeki pisliklerden sakınmak için ayaklarının ucuna basa basa hücreye girdi, dualar mırıldanarak kutsanmış sudan serpti her yana. Başrahibe, suyun duvarlarda bıraktığı fiskelerden dehşete kapılmıştı.

"Kan!" diye haykırdı.

Delaura, onun mantıksızlığını ayıpladı. Suyun kırmızı renkte olması, kan olmasını gerektirmiyordu; öyle bile olsa bunun şeytanın işi olması için bir neden yoktu.

"Bunun bir mucize olduğunu düşünmek daha yerinde olurdu, bu güç de yalnızca Tanrı'ya aittir," dedi.

Ama ne biriydi ne de öteki, çünkü lekeler duvardaki kirecin üzerinde kuruduğunda kırmızı değil koyu yeşil bir renk almıştı. Başrahibe kıpkırmızı kesildi. Yalnızca Klaris rahibeleri değil, onun zamanının bütün kadınları herhangi bir akademik eğitimden yoksun bırakılmışlardı ama o, ünlü ilahiyatçılar ve büyük mezhep sapkınları çıkmış bir ailenin içinde çok genç yaşında öğrenmişti skolastik felsefenin kılıcını sallamayı.

"Hiç olmazsa," diye karşılık verdi, "kanın rengini değiştirme gücünü cinlerden esirgemeyelim."

"Zamanında gösterilen bir kuşkudan daha yararlı bir şey olamaz," diye hemen yanıtladı Delaura ve ona dik dik baktı: "Aziz Augustinus'u[1] okuyun."

"Elimdekileri çok iyi okumuşumdur," dedi başrahibe.

"Öyleyse yeniden okuyun," dedi Delaura.

Kızla ilgilenmeden önce, son derece yumuşak bir ses tonuyla gardiyana hücreden çıkmasını söyledi. Sonra, aynı tatlılığı göstermeden, şöyle dedi başrahibeye:

"Siz de, lütfen."

"Sizin sorumluluğunuz altında," dedi başrahibe.

"Piskopos, hiyerarşinin en üstündedir," diye karşılık verdi Delaura.

"Bunu bana hatırlatmanıza gerek yok," dedi başrahibe, biraz da alayla. "Sizlerin Tanrı'nın sahipleri olduğunuzu zaten biliyoruz."

Delaura, son sözü söylemiş olma zevkini ona bıraktı. Yatağın kenarına oturarak, bir hekim titizliğiyle kızı muayene etti. Hâlâ titriyor ama artık terlemiyordu.

Yakından bakıldığında Sierva María'nın bedeninde sıyrıklar, çürükler vardı, kayışların sürtünmesinden teninde cılk yaralar açılmıştı. Ama en etkileyici olan, şarlatan hekimlerin becerileri sonucu işleyip cayır cayır yanan bir yara halini almış olan ayak bileğindeki ısırıktı.

Delaura kızı muayene ederken, bir yandan da onu oraya eziyet çektirmek için değil, ruhunu çalmak üzere bedenine bir cin girmiş olabileceğinden kuşku duydukları için getirdiklerini anlatıyordu ona. Gerçeği öğrenmek için onun yardımına ihtiyacı vardı. Ama kızın kendisini dinleyip dinlemediğini, bunun yürekten bir dilek olduğunu anlayıp anlamadığını saptamak olanaksızdı.

Muayene sona erince, Delaura, bir kutu içinde bazı

---

1. Aurelius Augustinus (354-430): Batı Kilisesi'nin ilk döneminin başlıca ilahiyatçısı ve ilkçağ Hıristiyanlığının büyük düşünürü. (Ç.N.)

ilaçlar getirtti, ama eczacı rahibenin içeri girmesine izin vermedi. Kızın yaralarına merhem sürdü ve acıya karşı gösterdiği dirence hayran kalarak açık yaraların acısını hafif hafif üfleyerek azalttı. Sierva María, sorularının hiçbirine yanıt vermemiş, ne onun öğütleriyle ilgilenmiş ne de herhangi bir şeyden yakınmıştı.

Kitaplığın huzurlu havasına girene kadar Delaura'nın peşini bırakmayan yıldırıcı bir başlangıç olmuştu bu. Kitaplık, piskoposun evinin tek bir penceresi bile bulunmayan en büyük odasıydı ve duvarlar, sayısız kitapların dizili olduğu maun vitrinlerle kaplıydı. Odanın ortasında, üzerinde seyir haritaları, bir usturlap ve denizcilikle ilgili daha başka aletlerin bulunduğu kaba saba bir masa, bir de dünyanın yüzeyi genişledikçe birbirini izleyen haritacılar tarafından elle yapılmış eklemeleri ve düzeltmeleri bulunan bir küre vardı. Dip tarafta, üzerinde mürekkep hokkası, kalemtıraş, yazı yazmak için hindi palazı tüyleri, mektuplar için rıh ve içinde çürümüş tek karanfiliyle bir vazo bulunan rüstik bir çalışma masası duruyordu. Odanın içi yarı karanlıktı; bu yıllanmış kâğıt kokusu içinde bir ormanın serinliği ve dinginliği hissediliyordu.

Salonun dip tarafındaki daha dar bir yerde, adi tahtadan kapakları olan kapalı bir dolap duruyordu. Burası, "dünyevi ve düzmece konular ve uydurma öyküler" üzerine yazıldığı için kutsal engizisyonun sansür listesine uygun olarak yasaklanmış kitapların kapatıldığı yerdi. Kötü yola sapmış edebiyatın derinliklerini araştırmak üzere piskoposluk iznine sahip olan Cayetano Delaura'dan başka hiç kimse buraya girme hakkına sahip değildi.

Onca yıllık bu huzurlu yer, Sierva María'yı tanıdığından beri onun için bir cehenneme dönüşmüştü. Ruhban sınıfından olsun olmasın, onunla saf düşüncelerin zevklerini paylaşan ve birlikte skolastik turnuvalar, edebî yarışmalar, müzik geceleri düzenledikleri arkadaşlarıyla artık bir araya gelemeyecekti. İçindeki tutku, sonunda şeytanın kandırmacalarını kavrama çabasına dönüşmüş, manastıra yeniden gitmeden önce beş gün beş gece okumalarını ve düşüncelerini bu konuya adamıştı. Pazartesi günü piskopos, onun kararlı adımlarla oradan çıktığını gördüğünde, kendisini nasıl hissettiğini sordu.

"Ruhülkudüs'ün kanatlarıyla uçuyorum," dedi Delaura.

İçini bir oduncu cesaretiyle dolduran kaba pamuklu cüppesini giymişti ve ruhunu umutsuzluğa karşı pekiştirmiş durumdaydı. Buna ihtiyacı da olacaktı. Gardiyan, selamına bir homurtuyla karşılık vermiş, Sierva María da onu asık bir yüzle karşılamıştı; dahası bayatlamış yiyecek artıkları ve yerlere saçılmış dışkılardan hücrenin içi soluk alınamaz bir haldeydi. Dua köşesinde, Kutsal İsa kandilinin yanında, o günkü öğle yemeği el sürülmemiş olarak duruyordu. Delaura tabağı alarak, yağı donmuş kara fasulyeden bir kaşık uzattı kıza, ama kız başını çevirdi. Delaura birkaç kez daha denedi, ama kızın tepkisi hep aynı oldu. Bunun üzerine Delaura, bir kaşık dolusu fasulyeyi kendi ağzına attı, tadına baktıktan sonra gerçekten iğrendiğini gösteren bir hareketle yüzünü buruşturarak yuttu.

"Haklısın," dedi. "Bu berbat bir şey."

Kız hiç oralı olmadı. Delaura yangılı ayak bileğini tedavi ederken, kızın tüyleri diken diken olmuş, gözleri yaşarmıştı. Delaura, kızı yola getirdiğine inanarak görevini yapan iyi bir rahibin fısıltılı sözleriyle onu yatıştırdı; sonunda yara bere içindeki bedenini rahatlatmak için kayışları çözmeye cesaret etti. Kız hâlâ kendisinin olduklarını hissedebilmek için parmaklarını defalarca oynatarak, bağlanmaktan uyuşmuş ayaklarını gerdi. Sonra ilk kez olarak Delaura'ya baktı ve onu ölçüp biçerek vahşi bir hayvanın isabetli bir hamlesiyle atıldı üstüne.

Gardiyan onu tutup bağlamasına yardım etti. Delaura hücreden çıkmadan önce, cebinden sandal ağacından bir tespih çıkararak, Sierva María'nın ermişlik kolyelerinin üzerine taktı.

Piskopos onun yüzü gözü tırmalanmış olarak ve elinde yalnızca bakmakla bile ağrıyan bir ısırıkla geldiğini görünce telaşa kapıldı. Ama onu asıl telaşlandıran, yaralarını bir savaş ganimeti olarak gösteren ve kuduz bulaşması tehlikesini alaya alan Delaura'nın bu tepkisi olmuştu. Yine de piskoposun hekimi ona sıkı bir tedavi uyguladı çünkü bir sonraki pazartesi günü gerçekleşecek olan güneş tutulmasının büyük afetlerin başlangıcı olmasından korkanlardan biriydi o da.

Oysa katil rahibe Martina Laborde, Sierva María'nın en küçük bir direnmesiyle bile karşılaşmamıştı. Sanki bir rastlantı olarak oradan geçiyormuş gibi ayaklarının ucuna basarak yaklaşıp başını uzatarak hücrenin içine bakmış, onu elleriyle ayaklarından yatağa bağlanmış olarak görmüştü. Kız dikkat kesilmişti, gözlerini ona dikerek tetikte bekledi, ta ki Martina kendisine gülümseyene kadar. O zaman o da gülümsedi ve koşulsuz olarak teslim oldu ona. Sanki Dominga de Adviento'nun ruhu hücrenin içine doluvermişti.

Martina kim olduğunu, suçsuzluğunu onca kez söylemekten sesi kısıldığı halde yaşamının geri kalanını geçirmek üzere neden orada olduğunu anlattı ona. Sierva María'ya neden oraya hapsedildiğini sorunca da kız, şeytan kovucusundan öğrendiğini söyleyebildi ancak:

"İçimde cin varmış," dedi.

Martina kendisinin, kızın doğruyu söylediği pek az beyazdan biri olduğunu bilmeden, onun yalan söylediğini ya da ona yalan söylemiş olduklarını düşünerek fazla üstelemedi. Ona yaptığı nakışlardan örnekler gösterdi, kız da aynı işi yapmayı denemesi için kendisini çözmesini istedi. Martina daha başka dikiş gereçleriyle birlikte cebinde taşıdığı makası gösterdi ona.

"Seni çözmemi istiyorsun," dedi. "Ama şunu bil ki, bana kötülük etmeye kalkışacak olursan, seni öldürecek silahım var."

Sierva María, onun kararlılığından kuşku duymuyordu. Kendisini çözdürdü ve nakışı, tiorba'yı çalmayı öğrendiği aynı kolaylık ve yatkınlıkla tıpatıp tekrarladı. Hücresine çekilmeden önce Martina, gelecek pazartesi tam güneş tutulmasını birlikte izlemeleri için izin koparacağına söz verdi ona.

Cuma sabahı gün ağarırken, kırlangıçlar gökyüzünde geniş bir tur atarak kentle vedalaşmışlar ve sokaklarla damları iç bulandırıcı bir pislik yağmuruna tutmuşlardı. Öğle güneşleri taşlaşmış gübreleri kurutana ve gece esintileri havayı arındırana kadar yemek yemek ve uyumak kolay olmadı. Ama bu olayın yarattığı korku daha kalıcıydı. O güne kadar ne kırlangıçların tam uçuş sırasında pisledikleri görülmüştü ne de gübrelerinin pis kokusunun hayatı bu kadar zorlaştırdığı.

Elbette ki manastırda, Sierva María'nın göç kurallarını değiştirmeye yetecek güçlere sahip olabileceğinden kimsenin kuşkusu yoktu. Delaura pazar günü ayinden sonra, kapıdan aldığı küçük bir sepet dolusu tatlıyla bahçeden geçerken, havadaki ağırlıkta bile hissetmişti bunu. Olup bitenlere yabancı kalan Sierva María tespihi hâlâ boynunda taşıyordu ama ne onun selamına karşılık verdi ne de dönüp bakmaya yanaştı. Delaura onun yanına oturarak sepetteki peynir tatlılarından birini keyifle yemeye koyuldu ve ağzı dolu olarak şöyle dedi:

"Nefis bir şey."

Tatlının öbür yarısını Sierva María'nın ağzına yaklaştırdı. Kız ağzını kaçırdı ama daha önce yaptığı gibi başını duvara çevirmeyip gardiyanın kendilerini gözetlediğini işaret etti. Delaura eliyle kapıya doğru sert bir hareket yaparak, "Çekilin oradan," diye emretti.

Gardiyan çekilip gidince kız, günlerdir süren açlığını yarım tatlıyla bastırmak istedi ama ağzına aldığını tükürdü. "Tadı kırlangıç pisliği gibi," dedi. Yine de keyfi yerine gelmişti. Sırtını yakan sıyrıkları tedavi etmesine göz yumdu ve ilk olarak Delaura'ya dikkat ettiğinde elinin sarılı olduğunun farkına vardı. Yalandan olamayacak masum bir tavırla eline ne olduğunu sordu.

"Bir metreden fazla kuyruğu olan küçük bir kuduz köpek ısırdı," dedi Delaura.

Sierva María yarayı görmek istedi. Delaura sargıyı çıkardı; kız, halka halindeki mosmor yaraya, sanki kormuş gibi işaretparmağıyla hafifçe dokundu ve ilk olarak güldü.

"Hastalıktan daha beterim ben," dedi.

Delaura ona İncil'den değil, Garcilaso'dan alınmış bir yanıt verdi:

"Bu acıya dayanacak olana elbet yaparsın bunu."

Hayatında çok büyük ve onarılamaz bir şeyin oluşmaya başladığının anlaşılmasıyla heyecan içinde ayrıldı oradan. Dışarı çıktığında gardiyan, başrahibenin emriyle, kuşatma sırasında olduğu gibi, birinin kendilerine zehirli yiyecekler göndermesi tehlikesine karşı dışarıdan yiyecek getirilmesinin yasak olduğunu hatırlattı ona. Delaura, yalan söyleyerek küçük sepeti piskoposun izniyle getirdiğini ileri sürdü ve mutfağının nefasetiyle ünlü bir manastırın sakinlerine böylesine berbat yemekler verilmesini resmen protesto etti.

Delaura, akşam yemeğinde piskoposa yepyeni bir ruh hali içinde kitap okudu. Her zamanki gibi akşam dualarında ona eşlik etti ve dua ederken Sierva María'yı daha iyi düşünebilmek için gözlerini yumdu. Onu düşünerek, kitaplığa alışılandan daha erken çekildi; onu düşündükçe daha fazla düşünesi geliyordu. Garcilaso'nun aşk şiirlerini yüksek sesle okuyarak, her bir dizede kendi yaşamıyla ilişkili gizli bir haber bulunduğu kuşkusuyla korkuya kapıldı. Bir türlü uyku tutmuyordu. Gün doğarken alnını okumadığı kitaba dayayarak yazı masasının üzerinde iki büklüm kalmıştı. Uykusunun derinliklerinden, bitişikteki tapınakta yeni başlayan gün için okunan sabah duasının üç bölümüne kulak verdi. "Tanrı seni korusun María de Todos los Ángeles," dedi uykusunda. Kendi sesiyle birden uyandı ve Sierva María'yı manastır gömleği içinde, alev alev yanan saçları omuzlarına dökülmüş olarak, solmuş karanfili atıp masanın üzerindeki vazoya yeni açmış bir demet gardenya koyarken gördü. Delaura yanıp tutuşan bir sesle, Garcilaso'nun sözleriyle şöyle dedi ona: "Sizin için doğdum, sizin için yaşıyorum, sizin için ölmek zorundayım ve sizin için ölüyorum." Sierva María, ona bakmadan gülümsedi. Delaura gölgelerin bir aldatmacası olmadığından emin olmak için gözlerini yumdu. Onları yeniden açtığında görüntü silinip gitmişti, ama kitaplığın içi buram buram gardenya kokuyordu.

Dört

Peder Cayetano Delaura, piskopos tarafından, evin, denizin üzerindeki gökyüzüne hâkim tek yeri olan, sarı boruçiçekleriyle örtülü çardağın altında güneş tutulmasını beklemeye çağrılmıştı. İki yana açılmış kanatlarıyla havada hareketsiz duran pelikanlar sanki uçuş sırasında ölmüş gibiydiler. Piskopos öğle uykusundan yeni uyanmış, gemi bocurgatlarıyla iki kancaya asılı hamağında ağır ağır yelpazeleniyordu. Delaura ise yanındaki salıncaklı hasır sandalyede sallanıyordu. Her ikisi de demirhindi suyu içerek çatıların üzerinden uçsuz bucaksız masmavi gökyüzüne bakarken huzur içindeydiler. Saat ikiyi geçtikten az sonra hava kararmaya başladı; tavuklar tüneklerine çıkmışlar, bütün yıldızlar aynı anda yanmıştı. Doğaüstü bir ürperti sarmıştı her yanı. Piskopos karanlıkta yuvalarını el yordamıyla arayan gecikmiş güvercinlerin kanat çırpmalarını duyuyordu.

"Tanrı büyüktür," diye fısıldadı. "Hayvanlar bile bunu hissediyorlar."

Nöbetteki rahibe ona bir kandille güneşe bakmak için koyu renk camlar getirdi. Piskopos hamakta doğrularak camın ardından güneş tutulmasını seyre koyuldu.

"Tek gözle bakmak gerek," dedi, solumasının ıslığını bastırmaya çalışarak. "Yoksa her ikisini de kaybetme tehlikesi var."

Delaura güneş tutulmasına bakmadan elinde camla duruyordu. Uzun bir sessizlikten sonra piskopos alacakaranlığın içinde onu arayıp buldu ve ışıl ışıl yanan gözlerinin, sahte gecenin büyüsüne tümüyle yabancı kaldığını gördü.

"Ne düşünüyorsun?" diye sordu.

Delaura yanıt vermedi. Tıpkı bir hilale benzeyen güneşe baktı; koyu renkli cama rağmen gözünün retinasını acıtıyordu, ama bakmaktan vazgeçmedi.

"Hâlâ kızı düşünüyorsun," dedi piskopos.

Piskoposun böyle tutarlı tahminlerinin normalde olabilecekten çok daha sık görülmesine rağmen, Cayetano irkilmişti.

"Bu güneş tutulmasını halkın onun kötülüklerine yorabileceğini düşünüyordum," dedi.

Piskopos gözlerini gökyüzünden ayırmadan başını salladı.

"Kim bilir, belki de hakları vardır," diye karşılık verdi. "Efendimizin yaptıklarını yorumlamak kolay değildir."

"Ama bu olay, binlerce yıl önce Asurlu gökbilimciler tarafından hesaplanmıştı," diye karşı koydu Delaura.

"Bu bir Cizvit yanıtı," dedi piskopos.

Cayetano dalgınlıkla güneşe camsız bakmayı sürdürüyordu. Saat ikiyi on iki geçe güneş, siyah renkli tam bir daire gibi görünüyordu ve bir an için güpegündüz gece yarısı olmuştu. Sonra güneş tutulması yeryüzü koşullarına yeniden uydu ve horozlar şafak vaktindeki gibi ötmeye başladılar. Delaura güneşe bakmayı bıraktığında, ateşten top, gözünün retinasında hâlâ duruyordu.

"Güneş tutulmasını hâlâ görüyorum," dedi eğlenerek. "Nereye baksam orada."

Piskopos gösteriyi sona erdirmişti. "Birkaç saat içinde geçer," dedi. Hamağa oturarak gerinip esnedi ve yeni gün için Tanrı'ya şükretti.

Delaura hâlâ aynı konudaydı:

"Kusura bakmayın sayın hocam," dedi, "ama ben, o çocuğu cin çarpmış olduğuna inanmıyorum."

Piskopos bu kez gerçekten telaşlanmıştı.

"Neden böyle söylüyorsun?"

"Öyle sanıyorum ki yalnızca dehşete kapılmış durumda," dedi Delaura.

"Fazlasıyla kanıt var elimizde," dedi piskopos. "Yoksa tutanakları okumuyor musun?"

Evet. Delaura onları derinlemesine incelemişti ve Sierva María'nın durumundan çok, başrahibenin düşünce yapısını anlamaya yarıyordu. Kızın manastıra girdiği sabah bulunduğu yerlerden ve dokunduğu her şeyden cinleri kovmuşlardı. Onunla ilişki kurmuş olanlara perhiz ve arınma işlemleri uygulamışlardı. İlk gün yüzüğünü çalan rahibe adayı, bostanda çalışma cezasına çarptırılmıştı. Kızın kendi elleriyle kestiği bir oğlağı parçalamaktan zevk aldığı ve hayvanın zehir gibi acı biberle çeşnilendirilmiş yumurtalarıyla gözlerini yediği söyleniyordu. Hangi yöreden olursa olsun Afrikalılarla ya da herhangi türden hayvanlarla, hem de onların kendi aralarında anlaştıklarından daha iyi anlaşmasını sağlayan çeşitli dillere karşı büyük bir yeteneği vardı. Manastıra geldiğinin ertesi sabahı, yirmi yıldan o yana bahçeyi süslemekte olan on bir tutsak *guacamaya*, hiç nedensiz ölü bulunmuştu. Kendisininkinden çok farklı seslerde söylediği şeytansı şarkılarla bütün hizmetkârları büyülemişti. Başrahibenin kendisini aradığını öğrendiğinde ise, kendini yalnızca onun gözlerine görünmez kılmıştı.

"Yine de," dedi Delaura, "bize şeytansı görünen şeylerin, ana babasının onu terk etmesi yüzünden kızın öğrendiği zenci gelenekleri olduğunu sanıyorum."

"Dikkat et!" diye uyardı onu piskopos. "Düşman, bizim yanılgılarımızdan çok zekâmızdan yararlanır."

"Ama onun için en büyük armağan, sağlıklı bir çocuğun içindeki cinleri kovmamız olur," dedi Delaura.

Piskopos sinirlenmişti.

"Bundan, isyan ettiğin anlamını mı çıkarmalıyım?"

"Bazı kuşkularım olduğu anlamını çıkarmalısınız, sayın hocam," dedi Delaura. "Ama bütün saygımla sözünüzü dinlerim."

Böylece piskoposun fikrini çelemeden manastıra geri döndü. Sol gözünde, retinasında izi kalan güneş silinene kadar taksın diye hekiminin verdiği göz bandını taşıyordu. Bahçeyi ve zindan bölümüne varana kadar birbiri ardından uzanan koridorları geçtiği sürece, kendisini izleyen bakışları üzerinde hissetmişti ama hiç kimse ona bir şey söylemedi. Manastırın her yanında, güneş tutulmasının ardından nekahet dönemine benzer bir hava esiyordu.

Gardiyan, Sierva María'nın hücresini açtığında, Delaura, kalbinin göğsünden dışarı fırlayacakmış gibi olduğunu hissetti, ayakta durmakta güçlük çekiyordu. Yalnızca o sabah keyfinin nasıl olduğunu anlamak için, kıza güneş tutulmasını görüp görmediğini sordu. Gerçekten de terastan seyretmişti. Gözünün üzerine bant koymasını anlayamıyordu, oysa kendisi güneşe hiç korunmasız bakmıştı ve çok iyiydi. Rahibelerin güneş tutulmasını diz çökerek izlediklerini, horozlar ötmeye başlayana kadar manastırın felce uğradığını anlattı. Ama kendisine hiç de öteki dünyalardan bir şey gibi görünmemişti.

"Gördüğüm, her gece görünen bir şeydi," dedi.

Kızın içinde Delaura'nın ne olduğunu belirleyemediği, gözle görülür en önemli belirtisinin birazcık hüzün olduğu bir değişiklik olmuştu. Yanılmamıştı da. Tedaviye daha yeni başlamışlardı ki, kız kaygı dolu gözlerini ona dikerek titrek bir sesle şöyle dedi:

"Ben öleceğim."

Delaura ürperdi.

"Kim dedi bunu sana?"

"Martina," dedi kız.

"Onu gördün mü?"

Kız, kendisine nakış öğretmek için iki kez hücresine geldiğini, güneş tutulmasını birlikte seyrettiklerini anlattı. Onun iyi kalpli, yumuşak bir insan olduğunu, başrahibenin, güneşin denizde batışını seyretsinler diye nakış derslerini terasta yapmasına izin verdiğini söyledi.

"Ya," dedi Delaura gözlerini kırpmadan. "Peki sana ne zaman öleceğini de söyledi mi?"

Kız ağlamamak için dudaklarını sıkarak başını salladı. "Güneş tutulmasından sonra," dedi.

"Güneş tutulmasından sonra, bundan sonraki yüz yıl içinde olabilir," diye karşılık verdi Delaura.

Ama gırtlağının düğümlendiğini kızın anlamaması için bütün dikkatini yaraların tedavisine vermesi gerekmişti. Sierva María daha fazla bir şey söylemedi. Onun sessizliğinden meraka kapılan Delaura dönüp baktı ve gözlerinin yaşarmış olduğunu gördü.

"Korkuyorum," dedi kız.

Kendini yatağa atarak hüngür hüngür ağlamaya başladı. Delaura onun yanına oturdu, günah çıkaran bir rahibin basmakalıp sözleriyle onu avutmaya koyuldu. Ancak o zaman anlamıştı Sierva María, Cayetano'nun hekimi değil, şeytan kovucusu olduğunu.

"Peki öyleyse neden beni tedavi ediyorsunuz?" diye sordu ona.

Delaura'nın sesi titriyordu:

"Çünkü seni çok seviyorum."

Kız onun bu cesaretine herhangi bir duyarlılık göstermedi.

Dışarı çıktığında Delaura, başını içeri uzatıp Martina'nın hücresine baktı. İlk olarak yakından baktığında, teninin çiçekbozuğu, kafasının tıraşlanmış, burnunun fazlasıyla büyük, dişlerinin de fare dişi gibi olduğunu görüyordu ama karşısındakini baştan çıkarma yeteneği, hemen hissedilen, neredeyse elle tutulur bir sıvı gibiydi. Delaura kapının eşiğinden konuşmayı yeğledi.

"O zavallı kızın, korkmak için zaten yeterince nedeni var," dedi. "Rica ederim bir de siz korkusunu artırmayın."

Martina şaşırmıştı. Kimseye ne gün öleceği kehanetinde bulunmak aklına bile gelmemişti, hele öylesine cana yakın, savunmasız bir kıza, hiç. Yalnızca durumunun ne olduğunu sormuş, verdiği üç-dört yanıttan sırf kötü bir alışkanlıkla yalan söylediğini fark etmişti. Martina'nın bunları söylerkenki ciddiliği, Delaura'nın, Sierva María' nın kendisine de yalan söylediğini anlamasına yetmişti. Saçmaladığı için ondan özür diledi ve kıza herhangi bir sitemde bulunmamasını rica etti.

"Ben yapacağımı bilirim," diye sözünü tamamladı.

Martina onu büyüsüyle sarmalayıvermişti. "Zatıâlilerinin kim olduğunu biliyorum," dedi. "Ne yaptığını her zaman çok iyi bildiğini de biliyorum." Ama Sierva María' nın, hücresinin yalnızlığı içinde ölüm korkusuna katlanmakta kimsenin yardımına ihtiyacı olmadığını anlamak, Delaura'nın kolunu kanadını kırmıştı.

O hafta içinde başrahibe Josefa Miranda, kendi eliyle kaleme aldığı bir dizi şikâyet ve uyarıyı içeren bir tezkereyi piskoposun eline ulaştırmıştı. Sierva María'nın vasiliğinin Klaris rahibelerinin sorumluluğundan kaldırılmasını talep ediyor, bunu kefareti çoktan ödenmiş günahlar için gecikmiş bir ceza olarak görüyordu. Tutanaklara geçirilen ve yalnızca kızın iblisle olan utanmazca birlikteliğiyle açıklanabilecek doğaüstü olayların yeni bir sıralamasını da yapıyordu. En sonunda da, Cayetano Delaura'nın nüfuzunu kullanması, düşünce özgürlüğü, kıza karşı beslediği kötü niyet ve kuralların yasaklamasına rağmen güveni kötüye kullanarak manastıra yiyecek taşımasıyla ilgili öfke dolu bir ihbar yer alıyordu tezkerede. Delaura eve döner dönmez, piskopos tezkereyi ona gösterdi; o da, yüzünün tek bir kasında bile bir hareket olmaksızın, ayakta okudu. Bitirdiğinde öfkeden kuduruyordu.

"Bütün cinler tarafından çarpılmış biri varsa, o da Josefa Miranda'dır," dedi. "Kin, hoşgörüsüzlük ve budalalık cinleri çarpmış onu. İğrenç bir yaratık!"

Piskopos bu şiddetli tepkiye şaşırmıştı. Delaura bunu fark ederek daha sakin bir ses tonuyla meramını anlatmaya çalıştı.

"Demek istiyorum ki," dedi, "kötülük güçlerine o kadar büyük yetenekler atfediyor ki, sanki asıl iblise bağlı sanırsınız."

"Bulunduğum mevki, seninle aynı fikirde olmama izin vermiyor," dedi piskopos. "Ama öyle olmayı isterdim."

Yapmış olabileceği herhangi bir aşırılık için onu azarladı ve başrahibenin densizliklerine katlanmak için sabırlı olmasını istedi. "İncil onun gibi, hatta daha beter kusurları olan kadınlarla doludur," dedi. "Yine de İsa onları yüceltmişti." Sözüne daha fazla devam edemedi çünkü evin içinde gümbürdeyen bir gök gürültüsü denizin üzerinde yuvarlanarak uzaklaşmış, afet halinde bir sağanak onları dünyanın geri kalanından ayırmıştı. Piskopos salıncaklı sandalyesine yaslandı ve özlemlerinin içine gömüldü.

"Ne kadar uzaklardayız!" diye içini çekti.

"Neden?"

"Kendimizden," dedi piskopos. "İnsanın öksüz olduğunu öğrenmek için bazen bir yıla ihtiyacı olması sence haksızlık değil mi?" Bir yanıt alamayınca da, hasretini açığa vurdu: "Bu gece İspanya'da uyuyor olmalarının yalnızca düşüncesi bile içimi korkuyla dolduruyor."

"Dünyanın dönmesine karışamayız," dedi Delaura.

"Ama bize acı vermemesi için bunu bilmezlikten gelebilirdik," dedi piskopos. "Galileo'ya asıl gereken, inanç değil yürekti."

Delaura, yaşlılıkla birdenbire çöktüğünden beri hüzün dolu yağmurlu gecelerde piskoposa acı çektiren bu buhranları iyi biliyordu. Yapabileceği tek şey, uykusu baskın çıkana kadar onu oyalayıp, bu karanlık düşüncelerden uzaklaştırmaktı.

O ayın sonlarında, Santa Fe'deki görev yerine gitmekte olan yeni genel vali Don Rodrigo de Buen Lozano'nun pek yakında oradan geçeceği halka duyurulmuştu. Yargıçları ve öteki memurları, hizmetkârları ve kişisel hekimlerinden oluşan maiyeti ve Antiller'deki sıkıntılara katlanması için kraliçenin kendisine armağan ettiği bir yaylı çalgılar dörtlüsüyle birlikte geliyordu. Genel valinin eşinin, başrahibeyle bir akrabalığı vardı ve kendisini manastırda ağırlamalarını istemişti.

Sierva María, yakılan kireçtaşlarının, katran dumanlarının, çekiç darbeleri patırtısının ve inziva bölümüne varana kadar manastırın her yanını işgal etmiş olan her türden insanların avaz avaz ettikleri küfürlerin ortasında unutulmuştu. Yapı iskelelerinden birinin müthiş bir gürültüyle yıkılmasıyla bir duvarcı ustası ölmüş, yedi işçi yaralanmıştı. Başrahibe, bu felaketi de Sierva María' nın kötü cinlerine yormuş ve bu hengâme bitene kadar onu başka bir manastıra yollasınlar diye diretmek için yeni bir fırsat yakalamıştı. Bu kez başlıca gerekçesi, cin çarpmış birinin yakınlığının, genel valinin eşi için iyi olmayacağı biçimindeydi. Ama piskopos, onu yanıtsız bıraktı.

Don Rodrigo de Buen Lozano, olgun ve yakışıklı bir

Avusturyalıydı, Bask topu[1] ve keklik avı şampiyonuydu ve eşiyle arasındaki yirmi iki yıllık yaş farkını zarafetiyle kapatıyordu. Kendi kendisiyle bile alay ederek, bütün bedeniyle gülüyor ve bunu göstermek için hiçbir fırsatı kaçırmıyordu. Karayipler'in, geceleri çalınan trampet sesleriyle olgun *guayaba*'ların hoş kokularının birbirine karıştığı ilk meltemlerini hissettiği anda üzerindeki ilkbahar giysilerini çıkarmış, toplantılarda hanımların arasında göğsü bağrı açık dolaşıyordu. Nutuklar atılmadan, top atışları yapılmadan, ceketini çıkarıp yalnızca gömleğiyle inmişti gemiden. Piskopos tarafından yasaklanmış olmasına rağmen, onun şerefine *fandango, bunde* ve *cumbiamba* danslarına, ayrıca açık havada boğa güreşleri ve horoz dövüşlerine izin verilmişti.

Genel valinin eşi, hareketli ve biraz da başına buyruk, neredeyse yeniyetme bir genç kızdı; manastırın içinde bir yenilik rüzgârı gibi esivermişti. Girip çıkmadığı köşe, anlamadığı sorun ve daha da düzeltmek istemediği düzgün bir şey kalmamıştı. Manastırı dolaşırken, ilk kez doğum yapan birinin kolaylığıyla her şeyi elden geçirip bitirmek istiyordu. Bu yüzden de başrahibe, zindanın yaratacağı kötü izlenimden onu kurtarmanın yerinde olacağını düşündü.

"Zahmete değmez," dedi. "Yalnızca iki mahpus var, bir tanesini de cin çarpmış."

İlgisini uyandırmak için bunu söylemesi yetmişti. Hücrelerin hazırlanmamış, içeridekilerin de uyarılmamış olmalarının hiç önemi yoktu. Kapı açılır açılmaz Martina Laborde, bağışlanması ricasıyla kendini onun ayaklarına attı.

Biri başarısız, öteki başarılı iki firardan sonra bu pek

---

1. Oyuncuların topu kıvrık biçimli özel bir sepetle karşıdaki bir duvara attıkları bir oyun. (Ç.N.)

de kolay görünmüyordu. Bunlardan birincisini, altı yıl önce, farklı nedenlerle değişik cezalara mahkûm edilmiş üç rahibeyle birlikte, deniz tarafındaki terastan denemişti. İçlerinden biri kaçmayı başarmıştı. İşte o zaman pencereleri kapatıp, terasın altındaki avluyu duvarla çevirmişlerdi. Ertesi yıl, kalan üçü, o sırada koğuşun içinde uyumakta olan gardiyanı bağlayarak servis kapısından kaçmışlardı. Martina'nın günah çıkardığı rahiple anlaşan ailesi, onu manastıra geri göndermişti. Upuzun dört yıl boyunca Martina manastırın tek mahpusu olmayı sürdürmüştü ve ne ziyaretçi odasında kimseyle görüşmeye hakkı vardı ne de manastır kilisesindeki pazar ayinlerine katılmaya. Bu yüzden bağışlanması olanaksız görünüyordu. Yine de genel valinin eşi, konuyu kocasına aktarıp aracılık edeceğine söz verdi.

Sierva María'nın hücresinde, sönmemiş kireç ve katran artıkları yüzünden hâlâ ağır bir hava vardı, ama yeni bir düzene kavuşturulmuştu. Gardiyan kapıyı açar açmaz, genel valinin eşi, buz gibi bir esintiyle büyülendiğini hissetti. Sierva María, üzerinde yırtık gömleği, ayağında kirli pabuçlarıyla oturmuş, kendi ışığıyla aydınlanmış bir köşede ağır ağır nakış işliyordu; genel valinin eşi kendisini selamlayana kadar gözlerini kaldırmadı. Kadın, onun bakışlarında Tanrı'nın kutsal buyruğunun karşı konulamaz gücünü algılamıştı. "Kutsal Efendimiz," diye mırıldanarak, hücrenin içine doğru bir adım attı.

"Dikkat edin," dedi başrahibe, kulağına doğru eğilerek. "Kaplan gibidir."

Onu kolundan yakalamıştı. Genel valinin eşi içeri girmedi, ama Sierva María'nın yalnızca görüntüsü bile, onu kurtarmayı amaç edinmesine yetmişti.

Çapkın bir bekâr olan kent valisi, genel valinin onuruna yalnızca erkeklere öğle yemeği veriyordu. İspanyol yaylı çalgılar dörtlüsü parçalar çaldı, San Jacinto'lu davul ve zurnacılar da çaldılar, halk dansları ve zencilerin, beyazların danslarının cüretkâr parodileri olan maskeli oyunları da yapıldı. Yemekten sonra, salonun dip bölümünde bir perde açıldı ve valinin ağırlığınca altın ödeyerek satın almış olduğu Habeş köle çıktı ortaya. Çıplaklığının tehlikesini artıran, neredeyse saydam denecek bir tunik giymişti. Orada bulunan sıradan insanlara kendini yakından gösterdikten sonra genel valinin önünde durdu ve üzerindeki tunik bedeninden ayaklarına doğru kayıp düştü.

Kızın kusursuzluğu korkutucuydu. Ne omzu köle kaçakçısının damgasıyla bozulmuştu ne de sırtında ilk efendisinin başharfleri vardı; bedeninin her yanından gizemli bir buhar yayılıyordu. Genel valinin yüzü bembeyaz oldu; derin bir soluk aldı ve elinin bir hareketiyle o dayanılmaz görüntüyü sildi belleğinden.

"Tanrı aşkına, götürün onu buradan," diye buyurdu. "Ömrüm boyunca onu bir daha görmek istemiyorum."

Belki de valinin bu uçarılığına bir misilleme olarak, genel valinin eşi, başrahibenin kendi özel yemek odasında verdiği akşam yemeğinde Sierva María'yı tanıttı kocasına. Martina Laborde, onları şöyle uyarmıştı: "Kolyeleriyle bileziklerini çıkarmaya kalkışmayın, ne kadar iyi davrandığını göreceksiniz." Gerçekten de öyle oldu. Büyükannesinin, manastıra geldiğinde üzerinde olan elbisesini giydirmişler, saçlarını yıkayarak, arkasında daha iyi sürüyebilsin diye açıp taramışlardı; valinin eşi elinden tutarak kocasının masasına götürdü onu. Başrahibe bile, kusursuz davranışına, görünümüyle çevresine yaydığı ışığa, saçlarının mucizevi güzelliğine şaşırıp kalmıştı. Genel valinin eşi, kocasının kulağına şöyle fısıldadı:

"Bu kızı cin çarpmış."

Genel vali, buna inanmak istemedi. Burgos'tayken, bütün bir gece hiç durmadan altına yapıp odayı ağzına kadar dolduran cin çarpmış birini görmüştü. Sierva María'yı benzer bir yazgıdan korumaya çalışarak, onu hekimlerine emanet etti. Hekimler, kızda hiçbir kuduz belirtisi olmadığını doğruladılar ve artık bulaşması olasılığının da bulunmadığını söyleyerek Abrenuncio'yla aynı tanıyı koymuş oldular. Yine de hiç kimse, kızı cin çarpmış olduğundan kuşku duyma yetkisini bulamadı kendisinde.

Piskopos, bu toplantı vesilesiyle başrahibenin tezkeresi ve Sierva María'nın son durumu üzerinde düşünüp taşınma fırsatı bulmuştu. Cayetano Delaura ise, şeytan kovma ayini öncesinde kendisini arındırmaya niyetlenerek, yanına manyok ekmeği ve su alıp kitaplığa kapanmıştı. Orada hezeyanlar içinde pek çok geceler geçirdi ve bedenindeki arzulara karşı tek yatıştırıcı olan ateşli dizeler yazdığı uykusuz günler yaşadı.

O şiirlerin bazıları, neredeyse bir yüzyıl sonra kitaplık yıkıldığında, zorlukla okunabilen bir tomarın içinde bulunmuştu. Bunlardan birincisi ve tümüyle okunabilen tek şiir, kendisinin on iki yaşındayken, Avila'daki papaz okulunun taşlı avlusunda, incecik bir ilkbahar yağmurunun altında, okul sandığının üzerinde otururkenki anısıyla ilgiliydi. Üzerinde babasının kendi ölçülerine göre düzeltilmiş giysisi, yanında çömezlik süresinin sonuna kadar onurlu bir biçimde hayatta kalabilsin diye annesinin gereken her şeyi içine koyduğu, kendisinin iki katı ağırlığındaki o sandıkla, katır sırtında günlerce süren bir yolculuktan sonra daha yeni gelmişti Toledo'dan. Kapıcı, sandığı avlunun orta yerine koymasına yardım etmiş ve onu orada yağmurun altında kaderiyle baş başa bırakmıştı.

"Onu üçüncü kata çıkar," demişti. "Orada sana söylerler yatakhanedeki yerinin neresi olduğunu."

Bir anda bütün papaz okulu avludaki balkonlardan sarkmış, yalnızca kendisinin bilmediği bir tiyatro oyununun tek oyuncusu oymuş gibi, o sandıkla ne yapacağını seyre koyulmuştu. Kimseden medet umamayacağını anlayınca, kucağında taşıyabileceği şeyleri sandıktan alarak dimdik taş merdivenlerden üçüncü kata kadar çıkarmıştı. Gözetmen, çömezlerin yatakhanesindeki iki sıra yatağın içinde onunkini göstermişti. Cayetano, eşyalarını yatağın üzerine koymuş, yeniden avluya inerek, hepsini taşımayı bitirene kadar dört kez daha yukarı çıkmıştı. En sonunda da boş sandığı kulpundan tutarak sürükleye sürükleye merdivenlerden çıkarmıştı.

Balkonlardan onu seyretmekte olan öğretmenlerle öğrenciler, kendi katlarından geçerken ona bakmıyorlardı. Ama okul müdürü olan rahip, sandıkla birlikte çıktığında onu üçüncü kat sahanlığında beklemekteydi ve alkışlamaya başlamıştı. Ötekiler de coşkuyla aynı şeyi yapmışlardı. İşte o zaman Cayetano, papaz okuluna ilk girişte hiçbir şey sormadan ve kimseden yardım görmeden sandığı yatakhaneye kadar çıkarmaktan ibaret olan birinci töreni alnının akıyla atlattığını öğrenmişti. Zekâsının kıvraklığı, iyi huyları ve dengeli kişiliği, öteki çömezlere örnek olarak gösterilmişti.

Yine de o ilk günün onda asıl derin izler bırakacak olan anısı, o akşam müdürün bürosunda yaptıkları konuşma olmuştu. Dikişleri sökülmüş, sayfaları eksik ve kapakları kopmuş olarak, babasına ait bazı kutularda bir rastlantı sonucu ele geçirdiği haliyle sandığında buldukları tek kitap üzerinde konuşmak üzere çağırtmıştı müdür onu oraya. Yolculuk gecelerinde okuyabildiği yere kadar okumuştu ve sonunu öğrenmeye can atıyordu. Okul müdürü olan rahip, kitapla ilgili düşüncesini öğrenmek istemişti.

"Bunu ancak okumayı bitirdiğimde anlayabileceğim," demişti Cayetano.

Müdür, rahatlamış gibi bir gülümsemeyle, kitabı kaldırıp kilitlemiş, "Bunu asla öğrenemeyeceksin," demişti. "Bu, yasak bir kitaptır."

Aradan yirmi dört yıl geçtikten sonra, piskoposun yarı karanlık kitaplığında, bir tek o kitabın dışında, yasaklanmış olsun ya da olmasın, eline ne kadar kitap geçtiyse okumuş olduğunun farkına varıyordu. Bütün bir hayatın o gün sona ermekte olduğu duygusuyla ürperdi. Öngörülemez bir başka hayat başlıyordu artık.

Delaura, perhizin sekizinci gününde tam akşam dualarına başlamıştı ki, piskoposun genel valiyi ağırlamak üzere salonda kendisini beklemekte olduğu haber verildi. Genel valinin kendisi için bile umulmadık bir ziyaretti bu: Kentteki ilk gezintisi sırasında birdenbire esmişti aklına; en yakındaki görevlileri ivedilikle çağırıp salona azıcık çekidüzen verirlerken, çiçekli terasta bekleyip damları seyretmek zorunda kalmıştı.

Piskopos, genel valiyi genelkurmayından altı din adamıyla birlikte karşıladı. Sağına, adının tamamından başka bir unvanla tanıştırmadığı Cayetano Delaura'yı oturtmuştu. Söyleşiye başlamadan önce genel vali, sıvaları dökülmüş duvarlara, yırtık perdelere, en ucuzundan el işi mobilyalara, yoksul giysileri içinde terden sırılsıklam olmuş din adamlarına acıyan gözlerle baktı. Gururu incinen piskopos, şöyle dedi: "Bizler, marangoz Yusuf'un çocuklarıyız." Genel vali, anlayış dolu bir el hareketi yaptı ve ilk haftadaki izlenimlerini anlatmaya koyuldu. Savaşın yaraları bir kez sarıldığında İngiliz Antiller'iyle ticareti artırmak için hayallerle dolu tasarılarından, devletin eğitime katılmasının erdemlerinden, bu uzak sömürge topraklarını dünya düzeyine çıkarmak için sanat ve edebiyatı özendirmekten söz etti.

"Zaman, yenilenme zamanı," dedi.

Piskopos, anayurdun sahip olduğu gücün getirdiği kolaylığı bir kez daha anlamıştı. Titreyen işaretparmağını, ona bakmadan Delaura'ya doğru uzattı ve genel valiye şöyle dedi:

"Burada bu yeniliklerden haberli olan biri varsa, o da Peder Cayetano'dur."

Genel vali, işaretparmağının yönünü izledi ve uzaklardaki bir yüz ve hiç kırpılmadan kendisine bakan şaşkın gözlerle karşılaştı. Gerçek bir ilgiyle şöyle sordu Delaura'ya:

"Leibniz'i[1] okudun mu?"

"Evet ekselansları," dedi Delaura, sonra da açıkladı: "Görevimin gereği olarak."

Ziyaretin sonunda, genel valinin asıl ilgisinin Sierva María'nın durumu olduğu açıkça belli olmuştu. Hem kendisi için, diye açıkladı, hem de derdi onu son derece üzmüş olan başrahibenin huzuru için.

"Henüz kesin kanıtlardan yoksunuz, ama manastırın tutanakları, o zavallı yavruyu cin çarpmış olduğunu göstermekte bize," dedi piskopos. "Başrahibe, bunu bizden daha iyi bilmektedir."

"O, sizlerin iblisin tuzağına düştüğünüz kanısında," dedi genel vali.

"Yalnızca bizler değil, bütün İspanya," diye karşılık verdi piskopos. "İsa'nın yasasını kabul ettirmek için okyanusu geçtik ve bunu ayinlerde, dinsel yürüyüşlerde, azizlerin yortularında başardık, ama ruhlarda değil."

Yucatán'dan söz etti: Orada, putperestlerin piramitlerini gözlerden saklamak için görkemli katedraller inşa etmişler, yerlilerin, kilise ayinlerine sırf gümüşlerle kaplı altarların altında kendi tapınakları hâlâ yaşıyor diye katıldıklarının farkına varamamışlardı. Fetihten o yana birbirine karışan kanlardan söz etti: İspanyol kanıyla yerli kanı, hem biri hem de ötekiyle karışan, Müslüman Mandinga'lara varana kadar her soydan zenci kanı ve böylesine

1. Gottfried Wilhelm Leibniz (1646-1716): Kendi adıyla anılan felsefe akımının kurucusu olan Alman filozof ve matematikçisi. (Ç.N.)

uygunsuz bir birlikteliğin Tanrı'nın krallığında yeri olup olmadığını sordu. Soluk almasındaki ve yaşlılığından gelen kesik öksürüklerindeki güçlüğe rağmen, genel valiye durup dinlenme fırsatı vermeden sözünü tamamladı: "Bütün bunlar, düşmanın tuzaklarından başka ne olabilir?"

Genel vali, bozum olmuştu.

"Muhterem piskopos hazretlerinin hayal kırıklığı son derece üzücü," dedi.

"Ekselansları bunu böyle görmesinler," diye karşılık verdi piskopos, büyük bir incelikle. "Bu insanlar bizim özverilerimize layık olsunlar diye, onlardan istediğimiz inanç gücünü daha belirgin kılmaya çalışıyorum."

Genel vali, sözü bıraktığı yerden yeniden almıştı.

"Anladığım kadarıyla başrahibenin eleştirileri uygulamayla ilgili," dedi. "Belki de başka manastırlar böylesine zor bir olay için daha iyi koşullara sahiptirler diye düşünüyor."

"O halde ekselansları bilmelidir ki, Santa Clara'yı, Josefa Miranda'nın dürüstlüğü, yetkinliği ve otoritesi nedeniyle hiç duraksamadan seçtik," dedi piskopos. "Ne kadar haklı olduğumuzu da Tanrı biliyor."

"Bunu kendisine iletmekten zevk duyacağım," dedi genel vali.

"O, bunu çok iyi biliyor," diye karşılık verdi piskopos. "Beni kaygılandıran, neden inanmaya cesaret edemediği."

Bu sözleri söyledikten sonra, bir astım krizinin gelmek üzere olduğu duygusuyla, ziyareti sona erdirmek için acele etti. Sağlığı elverdiği anda en ateşli görev aşkıyla sonuçlandıracağına dair başrahibeye söz verdiği, çözüm bekleyen işleri içeren bir tezkerenin kendisini beklediğini anlattı. Genel vali, ona şükranlarını bildirerek, kendine özgü nezaketi içinde ziyareti sona erdirdi. O da inatçı bir astımdan çekiyordu, bu yüzden piskoposa kendi hekimlerini önerdi. Piskopos buna gerek olduğunu sanmıyordu. "Benimki artık tümüyle Tanrı'nın ellerinde," dedi. "Meryem'in öldüğü bir yaştayım."

Karşılamanın tersine, vedalaşma ağır ve törensel olmuştu. Aralarında Delaura da olmak üzere, yanındaki din adamlarından üçü, genel valiye kasvetli koridorlardan ana kapıya kadar sessizce eşlik ettiler. Genel valilik muhafızları, çatılmış mızraklardan bir çitle dilencileri hizada tutuyorlardı. Genel vali arabasına binmeden önce Delaura'ya döndü, karşı gelinemez işaretparmağını ona doğru sallayarak şöyle dedi:

"Seni unutmama fırsat verme."

Bu, öylesine beklenmedik ve anlaşılmaz bir cümleydi ki, Delaura yalnızca eğilerek karşılık verebildi.

Genel vali, ziyaretin sonuçlarını başrahibeye anlatmak üzere doğruca manastıra gitti. Aradan saatler geçtikten sonra, artık gitmek üzere bir ayağı üzengideyken, eşinin bütün ısrarlarına rağmen Martina Laborde'nin bağışlanmasını reddetmişti çünkü zindanlarda bulduğu onca suçlu için kötü bir örnek olur diye düşünüyordu.

Piskopos, Delaura dönüp gelene kadar, solumasının ıslıklarını gözleri kapalı olarak bastırmaya çabalayarak, öne doğru eğilip bekledi. Yardımcıları ayaklarının ucuna basarak çekilmişler, salon gölgelerle dolmuştu. Piskopos çevresine bakındı, duvarın önünde sıralanmış boş sandalyeleri ve tek başına duran Cayetano'yu gördü. Sesini iyice alçaltarak sordu ona:

"Bu kadar iyi bir insan hiç görmüş müydük?"

Delaura belirsiz bir hareketle karşılık verdi. Piskopos zorlukla davranarak toparlandı, soluğuna hâkim olana kadar koltuğun koluna dayanıp bekledi. Akşam yemeği istemiyordu. Delaura, yatak odasının yolunu aydınlatmak için bir kandil yaktı hemen.

"Genel valiye çok kötü davrandık," dedi piskopos.

"İyi davranmamız için bir neden var mıydı?" diye sordu Delaura. "Resmî bir duyuru yapılmadan bir piskoposun kapısı çalınmaz."

Piskopos onunla aynı düşüncede değildi ve bunu büyük bir coşkuyla bildirdi ona. "Benim kapım, kilisenin kapısıdır, o da dini bütün bir Hıristiyan gibi davrandı," dedi. "Göğsümdeki illet yüzünden asıl saygısız olan bendim; bunu onarmak için bir şey yapmam gerek." Yatak odasının kapısına vardığında, tavrını da konuyu da değiştirmişti; Delaura'yı omzuna dostça vurarak uğurladı.

"Bu gece benim için dua et," dedi. "Çok uzun bir gece olacağından korkuyorum."

Gerçekten de, ziyaret sırasında sezinlemiş olduğu astım kriziyle ölecek gibi hissediyordu kendini. Ne tartarik asitli bir kusturucu ne de daha başka güçlü ilaçlar onu rahatlatmayınca, ivedilikle kan almaları gerekmiş, ancak şafak sökerken kendine gelebilmişti.

Bitişikteki kitaplıkta geceyi uykusuz geçiren Cayetano'nun hiçbir şeyden haberi olmamıştı. Sabah duaları başlarken, piskoposun kendisini yatak odasında beklediğini haber verdiler. Coşkulu bir ruh hali içinde yepyeni bir körük gibi soluyarak, yanında peynir ekmekle birlikte bir kâse çikolatayla yatağında kahvaltı eder buldu onu. Cayetano'nun ona şöyle bir bakması, kararlarını almış olduğunu anlamasına yetmişti.

Gerçekten de öyleydi. Başrahibenin isteğine rağmen Sierva María, Santa Clara'da kalıyordu ve Peder Cayetano Delaura, piskoposun tam güvenine sahip olarak ondan sorumlu olmayı sürdürecekti. O zamana kadar olduğu gibi hapishane yönetmeliği altında tutulmayacaktı, manastır sakinlerine tanınan genel haklardan yararlanmalıydı. Piskopos tutanaklar için minnettardı, ama kesinlikten yoksun olmaları davanın belirginliğiyle çatışıyordu, bu yüzden de şeytan kovucunun kendi ölçütlerine göre hareket etmesi gerekiyordu. En sonunda da, markiyi huzuruna kabul edecek zamana ve sağlık koşullarına sahip olana kadar, ne gerekiyorsa çözümlemek üzere tam yetkili olarak, gidip onu kendi adına ziyaret etmesini buyurdu Delaura'ya.

"Başka hiçbir talimatım olmayacak," diyerek sözünü tamamladı. "Tanrı seni korusun."

Cayetano kalbi yerinden fırlayacak gibi koşup gitti manastıra, ama Sierva María'yı hücresinde bulamadı. Tören salonunda, gerçek mücevherler takıp takıştırmış, saçları topuklarına kadar salıverilmiş bir halde, zencilere özgü o harikulade ağırbaşlılık içinde, genel valinin maiyetindeki ünlü bir portre ressamına poz vermekteydi. Sanatçıya itaat ederken gösterdiği sağduyu da güzelliği kadar hayranlık uyandırıcıydı. Cayetano coşkuyla kendinden geçmişti. Loş bir yerde oturmuş görünmeden onu seyrederken, kalbindeki herhangi bir kuşkuyu silebilecek kadar bol vakti olmuştu.

Saat dokuzda portre tamamlanmıştı. Ressam portreyi uzaktan inceledi, son birkaç fırça darbesi daha vurdu ve imzasını atmadan önce Sierva María'nın görmesini istedi. Kendisine saygıyla boyun eğmiş iblislerden oluşan maiyetinin ortasında, bir bulutun içinde durmuş olarak tıpatıp kendisiydi. Kız, hiç acele etmeden baktı resme ve o yaşının bütün ihtişamı içinde tanıdı kendisini. Sonunda da şöyle dedi:

"Tıpkı bir ayna gibi."

"İblislere varana kadar mı?" diye sordu ressam.

"Öyle," diye karşılık verdi kız.

Poz vermesi sona erince Cayetano ona hücresine kadar eşlik etti. Onu yürürken hiç görmemişti, dans ederken gösterdiği aynı zarafet ve kolaylıkla yapıyordu bunu da. Mahkûm gömleğinden başka bir kılık içinde de onu hiç görmemişti ve üzerindeki kraliçe giysisi, artık ne dereceye kadar bir kadın olduğunu açıkça gösteren bir olgunluk ve zarafet veriyordu ona. Birlikte hiç yürümemişlerdi ve birbirlerine eşlik ederkenki içtenlikleri çok hoşuna gitmişti.

Veda ziyaretlerinde başrahibeyi piskoposun haklı gerekçelerine inandırmış olan genel vali ve eşinin bu ikna yetenekleri sayesinde, hücre eskisinden çok farklıydı. Şilte yepyeni, çarşaflar ketenden, yastıklar kuştüyündendi; ayrıca gündelik temizlik ve yıkanma ihtiyacı için gereçler konulmuştu. Denizin ışığı, kafesleri çıkarılmış pencerelerden içeri giriyor ve yeni kireçlenmiş duvarlarda parlıyordu. Yemekler manastırın inziva bölümündekilerle aynı olduğundan, artık dışarıdan bir şey getirmeye gerek kalmıyordu, yine de Delaura, bazı nefis yiyecekleri kapıdan kaçak olarak geçirmenin bir yolunu buluyordu her zaman.

Sierva María onunla akşam kahvaltısını paylaşmayı istedi; Delaura da, Klarislerin saygınlığının kaynağını oluşturan çöreklerden bir tane almakla yetindi. Çöreklerini yerlerken kız, beklenmedik bir yorumda bulunarak, "Ben kar nedir, gördüm," dedi.

Cayetano hiç şaşırmadı. Bir zamanlar, bizim Sierra Nevada de Santa Marta'da karların neredeyse denizin içine kadar indiğinden habersiz olduğundan, yerliler tanısınlar diye Pireneler'den kar getirtmek isteyen bir genel validen söz edildiğini duymuştu. Belki de yenilik meraklısı olan Don Rodrigo de Buen Lozano da bu şaşırtıcı işi başarıya ulaştırmıştı.

"Hayır," dedi kız. "Rüyamdaydı."

Gördüğü rüyayı anlattı: Lapa lapa kar yağan bir pencerenin önünde dururken, kucağındaki salkımın üzümlerini birer birer koparıp yiyordu. Delaura yüreğinin korkuyla hop ettiğini hissetti. Alacağını bildiği yanıt karşısında tir tir titreyerek, sorma cesaretini gösterdi:

"Nasıl bitiyordu?"

"Anlatmaya korkuyorum," dedi Sierva María.

Daha fazlasını duymaya ihtiyacı yoktu. Gözlerini yumarak onun için dua etti. Bitirdiğinde başka bir insandı sanki.

"Kaygılanma," dedi ona. "Sana söz veriyorum, Ruhülkudüs'ün inayetiyle çok yakında özgür ve mutlu olacaksın."

Sierva María'nın manastırda olduğundan, Bernarda'nın o zamana kadar haberi olmamıştı. Dulce Olivia'yı ortalığı süpürür, evi derleyip toplarken yakalayıp onu kendi hayallerinden biri sandığı bir gece, neredeyse bir rastlantı olarak öğrendi bunu. Akla yatkın bir açıklama bulmak için odaları tek tek aramaya koyuldu ve dolaşırken Sierva María'yı bir süreden beri hiç görmediğinin farkına vardı. Caridad del Cobre bildiği kadarını söyledi ona: "Marki hazretleri, onun çok uzaklara gideceğini, onu bir daha göremeyeceğimizi söylemişti bize." Kocasının yatak odasında ışık yandığı için, Bernarda kapıyı vurmadan girdi içeri.

Marki sivrisinekleri kaçırmak için ağır ağır yanmakta olan sığır terslerinin dumanları arasında, uyumadan yatıyordu hamağında. Üzerindeki ipekli sabahlıkla bedeninin çizgileri belli olmayan o acayip kadına baktı ve o da bunun bir hayal olduğunu sandı, çünkü solgun ve kederli bir görünümü vardı, çok uzaklardan geliyor gibiydi. Bernarda, Sierva María'yı sordu ona.

"Günlerdir bizimle birlikte değil," dedi kocası.

Kadın bu sözleri en kötü anlama yordu ve soluk alabilmek için önüne çıkan ilk koltuğa oturmak zorunda kaldı.

"Abrenuncio'nun yapması gerekeni yaptığını söylemek istiyorsunuz," dedi.

Marki istavroz çıkardı:

"Tanrı bizi korusun!"

Sonra ona olan biteni anlattı. Bernarda'nın isteğine uygun olarak ona sanki ölmüş gibi davranmak istediği için bunu zamanında haber vermediğini de özellikle belirtti. Bernarda, birlikte geçirdikleri o berbat on iki yıl boyunca hiç göstermemiş olduğu bir dikkatle gözünü bile kırpmadan dinledi onu.

"Benim hayatıma mal olacağını biliyordum," dedi marki, "ama onunkine karşılık olarak."

Bernarda içini çekti: "Demek bizim utancımız artık herkesin dilinde." Kocasının gözlerinde bir damla gözyaşının pırıltısını gördü ve ta içinden bir titreme yükseldi. Bu kez ölümün kendisi değil, er ya da geç olması gerekenin kaçınılmaz kesinliğiydi söz konusu olan. Yanılmamıştı da. Marki kalan son gücüyle hamaktan kalktı, onun önünde yere yığılarak, hiçbir işe yaramaz bir ihtiyarın acı gözyaşları içinde hüngür hüngür ağlamaya başladı. Bernarda, ağlayan erkeğin, ipekli gömleğinin üzerinden kasıklarına doğru süzülen yakıcı gözyaşları karşısında teslim oldu. Sierva María'ya duyduğu tüm nefrete rağmen, hayatta olduğunu bilmenin kendisini rahatlattığını itiraf etti.

"Her zaman her şeyi anlamışımdır, ölüm dışında," dedi.

Yeniden odasına kapanarak kendini melas ve kakaoya verdi; aradan iki hafta geçtikten sonra oradan çıktığında yürüyen bir ölü gibiydi. Marki çok erken saatlerden beri ortalıkta bir yolculuk telaşı olduğunu fark etmiş ama fazla önemsememişti. Daha güneş ortalığı ısıtmadan önce, Bernarda'nın, peşinde eşyaları yüklü bir başka katır olmak üzere, uysal bir katırın sırtında avlunun büyük kapısından çıktığını gördü. Daha önce de, yanına katırcı ve kölelerini almadan, kimseyle vedalaşmadan ve hiçbir gerekçe göstermeden böyle çekip gittiği çok olmuştu. Ama marki bu kez bir daha dönmemek üzere gittiğini anladı çünkü her zamanki sandığının yanı sıra, yıllardır yatağının altında gömülü sakladığı tıka basa altın dolu iki küpü de yanında götürüyordu.

Hamakta öylece yatan marki, kölelerin kendisini bıçaklayacakları korkusuna kapılmıştı yeniden; onların gündüz bile eve girmelerini yasakladı. Bu yüzden de Cayetano Delaura, piskoposun emriyle onu ziyarete gittiğinde, ana kapıyı itip buyur edilmeden içeri girmek zorunda kaldı, çünkü tokmağı ısrarla çalmasına rağmen kapıyı kimse açmamıştı. Çoban köpekleri kafeslerinde kıyameti koparıyorlardı, ama Delaura yoluna devam etti. Marki meyve bahçesinde, sırtında Sarazen[1] harmanisi, başında Toledo takkesiyle, üzeri tümüyle portakal çiçekleriyle örtülü olarak hamağında öğle uykusundaydı. Delaura uyandırmadan seyretti onu, Sierva María'yı düşkün ve yalnızlıktan tükenmiş bir halde görüyor gibi oldu. Marki uyanmış, rahibin gözündeki bant yüzünden onu tanımakta gecikmişti. Delaura elini kaldırarak parmaklarıyla barış işareti yaptı.

"Tanrı sizi korusun, sayın marki," dedi. "Nasılsınız?"

"Buradayım işte," diye yanıt verdi marki. "Çürüyüp gidiyorum."

Elinin uyuşuk bir hareketiyle öğle uykusunun örümcek ağlarını bir kenara itti ve hamakta doğrulup oturdu. Cayetano buyur edilmeden içeri girdiği için özür diledi. Marki, kapının tokmağına kimsenin aldırmadığını çünkü ziyaretçi kabul etme alışkanlığını kaybettiğini anlattı. Delaura ciddi bir ses tonuyla şöyle dedi:

"Piskopos hazretleri çok meşgul ve astımı kötü olduğundan, kendilerini temsilen beni yolladılar."

---

1. Ortaçağ'da Avrupalıların Müslümanlara verdikleri ad. (Ç.N.)

İlk baştaki protokol kuralları böylece yerine getirildikten sonra, hamağın yakınına oturdu ve içini yakan konuya girdi hemen.

"Kızınızın ruhsal sağlığının bana emanet edilmiş olduğunu size bildirmek istiyorum," dedi.

Marki teşekkür ederek kızının nasıl olduğunu sordu.

"İyi," dedi Delaura, "ama daha iyi olması için ona yardımcı olmak istiyorum."

Şeytan kovmanın anlamını ve yöntemlerini açıkladı ona. Bedenlerden kötü ruhları kovmak ve hastalıklarla zayıflıkları iyileştirmek için İsa'nın müritlerine verdiği güçten söz etti. İncil'deki Lejyon bahsini ve cin çarpmış iki bin domuzun öyküsünü anlattı.[1] Yine de yapılacak ilk iş, Sierva María'yı gerçekten cin çarpıp çarpmadığını saptamaktı. Kendisi öyle olduğunu sanmıyordu, ama herhangi bir kuşkuyu gidermek için markinin yardımına gerek duyuyordu. Her şeyden önce, kızının manastıra girmeden önce nasıl olduğunu bilmek istediğini söyledi.

"Bilmiyorum," dedi marki. "Onu ne kadar çok tanısam, o kadar az tanıdığımı hissediyorum."

Onu kölelerin avlusunda kaderiyle baş başa bırakmış olmaktan suçluluk duygusu içindeydi. Bazen aylarca sürebilen sessizliklerini buna yoruyordu; akıl almaz şiddet gösterilerini ve annesinin kol ağzına taktığı çıngırağı kedilerin boynuna asarak onu alaya almasındaki hınzırlığı da. Onu tanımaktaki en büyük zorluk, sırf zevk için yalan söyleme alışkanlığıydı.

---

1. Markos İncili 5. bapta anlatılan Lejyon bahsi, özetle şöyledir: İsa, Gerasinilerin ülkesine gelir. Kabirler arasında yaşayan, kimsenin zaptedemediği, murdar ruhlu bir adam koşup gelerek önünde secde eder. Adı, (çokluk anlamında) Lejyon'dur, çünkü içinde pek çok kötü ruh vardır. İsa'nın izniyle kötü ruhlar adamın bedeninden çıkıp, orada otlamakta olan iki bin domuzun içine girer ve sürü kendini uçurumdan aşağı denize atarak boğulur. Cin çarpmış adam akıllanmıştır. (Ç.N.)

"Zenciler gibi," dedi Delaura.

"Zenciler, bizlere yalan söylerler, ama kendi aralarında asla," dedi marki.

Yatak odasına girdiklerinde Delaura, büyükannesinin sayısız ıvır zıvırının arasında Sierva María'nın, canlı gibi görünen bebekler, kukla balerinler, müzik kutuları gibi yeni eşyalarını bir bakışta ayırt edebilmişti. Yatağın üzerinde, markinin onu manastıra götürürken aldığı el çantası, hazırladığı gibi duruyordu hâlâ. Toz içindeki tiorba, bir köşeye atılmıştı. Marki, bunun artık kullanılmayan bir İtalyan çalgısı olduğunu anlatarak, kızın onu çalmakta gösterdiği beceriyi göklere çıkardı. Oyalanmak için çalgıyı akort etmeye koyuldu ve sonunda yalnızca ezbere çalmakla kalmadı, aynı zamanda Sierva María'yla birlikte söyledikleri şarkıyı da yineledi.

Gerçekleri açıklayıcı bir an olmuştu bu. Müzik, markinin kızı hakkında söyleyemediği şeyleri söylemişti Delaura'ya. Marki ise öylesine duygulanmıştı ki şarkıyı bitiremedi.

"Şapkanın ona ne kadar yakıştığını tahmin edemezsiniz," dedi içini çekerek.

Onun bu duygusallığı Delaura'ya da bulaşmıştı.

"Görüyorum ki onu çok seviyorsunuz," dedi.

"Ne kadar sevdiğimi bilemezsiniz," diye karşılık verdi marki. "Onu görmek için canımı verirdim."

Delaura, Ruhülkudüs'ün en küçük bir ayrıntıyı bile atlamadığını hissetti bir kez daha.

"Bundan daha kolay bir şey olamaz," dedi, "ama cin çarpmamış olduğunu gösterebilirsek."

"Abrenuncio'yla konuşun," dedi marki. "Daha başından beri Sierva'nın sağlıklı olduğunu söylüyordu; yalnızca o açıklayabilir bunu."

Delaura, kendini bir ikilem karşısında gördü. Abrenuncio, onun için Tanrı'nın bir lütfu olabilirdi, ama onunla konuşmak, ortaya istenmedik pürüzler de çıkarabilirdi. Marki, onun düşüncelerini okumuş gibiydi.

"Büyük adamdır," dedi.

Delaura, başıyla anlamlı bir hareket yaptı.

"Kutsal Mahkeme'nin dosyalarında ne olduğunu biliyorum," dedi.

"Kızımı geri almak için ne kadar özveride bulunulsa azdır," diye ısrar etti marki. Delaura'dan hiçbir tepki göremeyince de şöyle tamamladı sözünü: "Tanrı aşkı için yalvarıyorum size."

Yüreği parçalanan Delaura da, "Rica ederim bana daha fazla acı çektirmeyin," diye karşılık verdi.

Marki, daha fazla ısrar etmedi. Yatağın üzerindeki el çantasını alarak, Delaura'dan onu kızına götürmesini istedi.

"Hiç değilse onu düşündüğümü anlayacaktır," dedi.

Delaura vedalaşmadan kaçtı oradan. El çantasını pelerininin altına alarak sarındı, çünkü bardaktan boşanırcasına yağmur yağıyordu. Tiorba'yla çalınan şarkının dizelerini art arda tekrarladığını fark etmekte gecikmişti. Kendisini kırbaçlayan yağmurun altında şarkıyı yüksek sesle söylemeye başladı, sonra da sonuna kadar ezbere tekrarladı. Zanaatkârlar mahallesine gelince keşiş kulübesinin solundan saptı ve şarkı söylemeyi sürdürerek Abrenuncio'nun kapısını çaldı.

Uzun bir sessizlikten sonra ağır aksak ayak sesleri ve yarı uykulu bir ses duyuldu:

"Kim o?"

"Kanun namına," dedi Delaura.

Adını bağırarak söylememek için aklına gelen tek şey olmuştu bu. Abrenuncio, gerçekten hükümet görevlilerinin geldiğini sanarak kapıyı açtı ve onu tanımadı. "Ben, piskoposluğun kitaplık görevlisiyim," dedi Delaura. Hekim yarı karanlık hole girmesi için ona yol verdi ve sırılsıklam pelerinini çıkarmasına yardım etti. Sonra kendine özgü ifadesiyle Latince olarak sordu ona:

"O gözü hangi savaşta kaybettiniz?"

Delaura klasik Latincesiyle ona güneş tutulması sırasında olan aksiliği anlattı ve piskoposun hekiminin göz bandının kesin çare olduğunu söylemesine rağmen rahatsızlığının sürmesiyle ilgili ayrıntıları sayıp döktü. Ama Abrenuncio yalnızca Latincesinin katıksızlığıyla ilgilenmişti.

"Tam anlamıyla kusursuz," dedi şaşkınlıkla. "Nerelisiniz?"

"Avila'lıyım," diye karşılık verdi Delaura.

"Öyleyse daha da övgüye değer," dedi Abrenuncio.

Cüppesiyle sandaletlerini çıkarttırıp süzülmeleri için bir yana koydu, çamurlu içdonunun üzerine de kendi pelerinini örttü. Sonra gözündeki bandı çıkarıp çöp kutusuna attı.

"Bu gözün tek kusuru, gerektiğinden fazla görüyor olması," dedi.

Delaura'nın aklı fikri, salonu tıka basa dolduran kitaplardaydı. Abrenuncio bunu fark etmişti; onu alıp, tavana kadar yükselen raflarda çok daha fazla kitabın bulunduğu ecza odasına götürdü.

"Aman Allahım!" diye hayret etti Delaura. "Burası sanki Petrarca'nın[1] kitaplığı."

"Oradan iki yüz kitap fazlası var," dedi Abrenuncio.

Merakını keyfince tatmin etmesine izin verdi. İspanya'da hapis cezasına mal olabilecek eşi bulunmaz örnekler vardı. Delaura, bunları tanıyor, büyük bir zevkle sayfalarını karıştırdıktan sonra da içi burkularak raflara geri koyuyordu. Ayrıcalıklı bir yerde, ölümsüz

1. Francesco Petrarca (1304-1374): İtalyan şair ve hümanist. (Ç.N.)

Fray Gerundio'yla[1] birlikte, Voltaire'in bütün eserlerinin Fransızcasını, bir de *Felsefi Mektuplar*'ın Latince bir çevirisini buldu.

"Latince olarak Voltaire, neredeyse bir mezhep sapkınlığı demektir," dedi şakayla.

Abrenuncio, hacıların hoşuna gidecek acayip kitaplar yaratmaktan zevk alan Coimbra'lı bir rahibe tarafından çevrildiğini anlattı. Delaura kitabın sayfalarını karıştırırken, hekim ona Fransızca bilip bilmediğini sordu.

"Konuşamam ama okurum," dedi Delaura, Latince olarak. Sonra da sahte bir alçakgönüllülük taslamaya gerek görmeden ekledi: "Ayrıca Yunanca, İngilizce, İtalyanca, Portekizce, biraz da Almanca bilirim."

"Voltaire'le ilgili söylediğiniz şeyden dolayı soruyorum," dedi Abrenuncio. "Kusursuz bir düzyazıdır o."

"Ve bize en fazla acı vereni," diye karşılık verdi Delaura. "Bir Fransız'a ait olması ne kadar yazık."

"İspanyol olduğunuz için böyle söylüyorsunuz," dedi Abrenuncio.

"Benim yaşımda ve birbirine karışmış onca kandan sonra, artık nereli olduğumu ben de kesin olarak bilemiyorum," dedi Delaura. "Kim olduğumu da."

"Bu krallıklarda kimse bilmiyor," diye karşılık verdi Abrenuncio. "Hem öyle sanıyorum ki, bunu öğrenmeleri için yüzyıllar gerekecek."

Delaura, kitapları incelemeyi kesmeden sürdürüyordu söyleşiyi. Birdenbire, daha önce de sık sık olduğu gibi, on iki yaşındayken papaz okulu müdürünün el koyduğu kitabı hatırladı; ömrü boyunca kendisine yardım edebilecek herkese tekrarlamış olduğu bir tek bölümü aklındaydı yalnızca.

---

1. (Keşiş Gerundio) İspanyol Cizvit yazarı José Francisco de Isla'nın başyapıtı. (Ç.N.)

"Başlığını hatırlıyor musunuz?" diye sordu Abrenuncio.

"Hiç bilmiyorum," dedi Delaura. "Sonunu öğrenmek için veremeyeceğim şey yoktur."

Hekimin, kendisini uyarmadan önüne koyuverdiği bir kitabı daha görür görmez tanımıştı. *Amadís de Gaula*'nın[1] dört cildinin eski bir Sevilla baskısıydı. Delaura titreyerek gözden geçirdi kitabı ve artık neredeyse kurtarılamaz bir halde olduğunu fark etti. Sonunda sormaya cesaret edebildi:

"Bunun yasaklanmış bir kitap olduğunu biliyor musunuz?"

"Son yüzyıllardaki en iyi romanların hepsinin yasaklandığı gibi," dedi Abrenuncio. "Artık onların yerine bilge kişiler için inceleme yazılarından başka bir şey basmaz oldular. Bugünün yoksulları, gizli gizli şövalyelik romanları okumayacak olduktan sonra ne okuyacaklar?"

"Başkaları da var," dedi Delaura. "*Don Quijote*'nin ilk baskısından yüz nüsha, daha basıldığı yıl okunmuştu burada."

"Okunmamıştı," diye karşılık verdi Abrenuncio. "Değişik krallıklara gitmek üzere gümrükten geçmişti."

Delaura oralı olmadı çünkü *Amadís de Gaula*'nın çok değerli bir nüshasını bulmayı başarmıştı.

"Bu kitap dokuz yıl önce kitaplığımızın gizli bölümünden kayboldu, bir daha da izine rastlamadık," dedi.

"Tahmin etmeliydim," dedi Abrenuncio. "Ama onu tarihî bir nüsha olarak kabul etmek için daha başka nedenler de var: bir yıldan fazla bir süre içinde, en az on bir kişinin arasında elden ele dolaştı ve bunlardan en az üçü

---

1. 16. yüzyıl başlarının İspanyol yazarı Garcí Ordóñez de Montalvo'ya atfedilen ünlü bir şövalyelik romanı. (Ç.N.)

öldü. Eminim bilinmedik bir miyasmanın[1] kurbanı olmuşlardır."

"Görevim, bunu Kutsal Mahkeme'ye ihbar etmektir," dedi Delaura.

Abrenuncio işi şakaya vurdu:

"Dine saygısızlıkta bulunacak bir şey mi söyledim?"

"Burada yasak ve başkasına ait bir kitap bulundurduğunuz ve ihbar etmediğiniz için söylüyorum."

"O ve daha niceleri var," dedi Abrenuncio, işaretparmağıyla tıka basa dolu raflarına doğru geniş bir halka çizerek. "Ama bunun için olsaydı, siz çoktan buraya gelmiş olurdunuz ve ben de size kapıyı açmazdım." Ona doğru döndü ve iyi niyetli bir tavırla sözünü tamamladı: "Oysa şimdi gelip sizi burada görme mutluluğunu verdiğiniz için sevinçliyim."

"Kızının başına geleceklerden kaygı duyan marki önerdi buraya gelmemi," dedi Delaura.

Abrenuncio onu karşısına oturttu ve kıyameti andıran bir fırtına denizin altını üstüne getirirken, ikisi de kendilerini söyleşinin çekiciliğine bıraktılar. Hekim, insanlığın doğuşundan bu yana kuduz hastalığının, bir türlü önü alınamamış zararlarının, bin yıllık tıp biliminin onu engellemekteki yetersizliğinin akıllı ve bilgili bir dökümünü yaptı. Bu hastalığın nasıl ezelden beri, tıpkı bazı delilik biçimleri ve daha başka ruhsal rahatsızlıklarda olduğu gibi, cin çarpması sanılageldiğine üzücü örnekler verdi. Sierva María'ya gelince, aradan geçen onca haftadan sonra, hastalığı kapmış gibi görünmüyordu. Abrenuncio hâlâ var olan tek tehlikenin, daha başka onca kişide görüldüğü gibi, şeytan kovma ayinlerinin gaddarlığından ölmesi olduğunu söyleyerek sözünü tamamladı.

1. Eskiden salgın hastalıklara neden olduğuna inanılan, çürümüş hayvansal ve bitkisel dokulardan havaya yayılan zararlı buhar. (Ç.N.)

Bu son söz, Delaura'ya Ortaçağ tıbbına özgü bir abartı gibi görünmüştü, ama tartışmadı, çünkü kızı cin çarpmış olmadığını kendi ilahiyat göstergelerinden de çok iyi anlıyordu. Sierva María'nın konuştuğu ve İspanyolcayla Portekizceden öylesine farklı olan o üç Afrika dilinin, manastırda onlara atfettikleri şeytani güçle falan hiçbir ilgisi olmadığını söyledi. Şaşılası bir fizik gücü olduğunu doğrulayan sayısız tanıklar olmuş, ama bunun doğaüstü bir güç olduğunu söyleyen kimse çıkmamıştı. Kuşkusuz ikinci derecede ermişlik kanıtları olan iki önemli olaya, yani *levitasyon*[1] ya da kehanet olgusuna da rastlanmamıştı onda. Yine de Delaura, belli başlı kardeşlik derneklerinin ve hatta daha başka toplulukların desteğini sağlamaya çalışmış, fakat hiçbiri ne manastırın tutanakları aleyhinde beyanda bulunmaya cesaret edebilmişti ne de halkın inancına karşı çıkmaya. Ama Delaura, kendi ölçütlerinin de, Abrenuncio'nunkilerin de kimseyi inandıramayacağının, hele hele ikisi bir araya geldiklerinde daha da kötü olacağının bilincindeydi.

"Herkese karşı siz ve ben birlik olurduk," dedi.

"Buraya gelmeniz bu yüzden beni şaşırttı ya," dedi Abrenuncio. "Ben, Kutsal Mahkeme'nin avlanma bölgesinde iştah kabartıcı bir avdan başka bir şey değilim."

"Doğrusunu isterseniz, neden geldiğimi ben bile kesin olarak bilmiyorum," dedi Delaura. "Meğerki o çocuk, inancımın gücünü sınamak için Ruhülkudüs tarafından karşıma çıkarılmış olsun."

Bu sözleri söylemesi, boğazında kendisine baskı yapan sıkıntılı düğümden kurtulmasına yetmişti. Abrenuncio, gözlerinin içinden ruhunun derinliklerine kadar baktı ve ağlamak üzere olduğunu fark etti.

---

1. İrade gücüyle yerden havaya yükselme yeteneği. (Ç.N.)

"Kendinize boşuna eziyet etmeyin," dedi yatıştırıcı bir ses tonuyla. "Belki de ondan söz etmek ihtiyacında olduğunuz için gelmişsinizdir yalnızca."

Delaura, kendini çırılçıplakmış gibi hissetti. Yerinden kalkarak kapının yolunu aradı, oradan koşarak kaçamadıysa bunun nedeni yarı çıplak olmasındandı. Abrenuncio, hâlâ ıslak olan giysilerini giymesine yardım ederken, bir yandan da söyleşiyi sürdürmek için onu oyalamaya çalışıyordu. "Sizinle hiç durmadan gelecek yüzyıla kadar konuşabilirdim," dedi. Güneş tutulmasının gözündeki sürekliliğini geçirmek için küçük bir şişe saydam bir göz damlasıyla onu alıkoymaya çabaladı. Evin bir yanında unutmuş olduğu el çantasını vermek için kapıdan geri döndürdü onu. Ama Delaura, ölümcül bir acıya yakalanmış gibiydi. O akşam için teşekkür etti, aldığı tıbbi yardım ve göz damlası için de, ama vermeye yanaştığı tek şey, başka bir gün daha uzun bir süre için geri dönme sözü oldu.

Sierva María'yı görme özlemine dayanamıyordu. Simsiyah gece olduğunu ancak kapıya vardığında fark edebildi. Hava açmıştı, ama fırtınadan derin su birikintileri oluşmuştu; Delaura, ayak bileklerine kadar çıkan suyla kaplı sokağın ortasına attı kendini. Manastırın döner kapısındaki nöbetçi rahibe, yatma saatinin yakınlığı nedeniyle yolunu kesmeye çalıştı. Delaura onu bir kenara itti:

"Piskopos hazretlerinin emri var."

Sierva María, korku içinde uyanmış, alacakaranlıkta onu tanımamıştı. Delaura neden bu kadar farklı bir saatte geldiğini nasıl açıklayacağını bilemeyerek rasgele bir bahane buldu:

"Baban seni görmek istiyor."

Kız, el çantasını tanımış, yüzü öfkeden kıpkırmızı olmuştu.

"Ama ben istemiyorum," dedi.

Delaura şaşkınlıkla nedenini sordu.

"İstemiyorum da ondan," dedi kız. "Ölürüm daha iyi."

Delaura, hoşuna gideceği düşüncesiyle, sağlıklı ayağındaki kayışı gevşetmeye yeltendi.

"Bırakın beni," dedi kız. "Dokunmayın bana."

Delaura oralı olmayınca kız, yüzüne tükürükler yağdırmaya koyuldu. Delaura, istifini bozmadı ve öteki yanağını çevirdi. Sierva María, tükürmeye devam ediyordu. Delaura, içinden yükselen yasaklanmış zevk dalgasıyla kendinden geçerek, yeniden öbür yanağını çevirdi. Gözlerini yumdu, bütün ruhuyla dua ederken kız tükürmeyi sürdürüyor, o zevk aldıkça daha da şiddetle tükürüyordu, ta ki öfkesinin yararsızlığının farkına varana kadar. O zaman Delaura, gerçekten cin çarpmış bir kişinin dehşet verici görüntüsüne tanık oldu. Sierva María'nın saçları, Medusa'nın yılanları gibi canlanarak dikilmişti; ağzından yeşil bir salya akarken, putperest dillerinde bir dizi küfür çıkıyordu. Delaura, göğsündeki haçı art arda sallayarak onun yüzüne yaklaştırdı ve dehşet içinde haykırdı:

"Ey cehennem canavarı, kim olursan ol, çık oradan."

Çığlıkları, kayışların tokalarını parçalamasına ramak kalmış olan kızın çığlıklarını daha da artırıyordu. Gardiyan, korku içinde koşup gelerek kızı yatıştırmaya çalıştı, ama yalnızca Martina, o ilahî tavırlarıyla başarabildi bunu. Delaura da kaçıp gitti.

Piskopos, Delaura'nın akşam yemeği saatinde kitap okumaya gelmemesinden tedirgin olmuştu. Şeytanın aşağılattığı Sierva María'nın dehşet içindeki görüntüsü dışında ne bu dünyadan ne de ötekinden hiçbir şeyin umurunda olmadığı kişisel bir bulutun içinde havalarda dolaştığının farkına varmıştı. Delaura kitaplığa sığınmıştı, ama okuyamıyordu. İnancı doruk noktasına çıkmış olarak dua etti, tiorba'nın şarkısını söyledi, içini kasıp kavuran yakıcı gözyaşları dökerek ağladı. Sierva María'nın el çantasını açarak içindekileri birer birer masanın üzerine koydu. Onları inceledi, bedeninden yükselen hırslı bir arzuyla koklayıp okşadı ve açık saçık dizelerle konuştu onlarla, ta ki artık dayanamayana kadar. O zaman beline kadar soyundu, çalışma masasının çekmecesinden daha önce asla dokunmaya cesaret edemediği demirden dayak sopasını çıkardı ve Sierva María'nın son izlerini de içinden söküp atana kadar kendisine rahat yüzü göstermeyecek olan doymak bilmez bir nefretle kendini dövmeye başladı. Aklı onda kalmış olan piskopos, onu bir kan ve gözyaşı birikintisinin içine yığılmış buldu.

"İblis bu sayın hocam," dedi Delaura. "Hepsinin en kötüsü."

Beş

Piskopos, Delaura'yı bürosunda hesap vermeye çağırmış, onun eksiksiz ve apaçık itiraflarını, bir din görevi yerine getirmekte değil, adli bir sorunu çözümlemekte olduğunun bilinci içinde, üzerinde fazla düşünüp taşınmadan dinlemişti. Ona karşı gösterdiği tek zaaf, gerçek suçunu gizli tutmak olmuş, ama yetkilerini ve ayrıcalıklarını halka hiçbir açıklama yapmadan elinden alarak, cüzamlılara hastabakıcılık etmesi için onu Amor de Dios Hastanesi'ne yollamıştı. Delaura, cüzamlılar için sabah beş ayinini yönetmekle avunmasına izin vermesi için yalvarmış, piskopos da bu hakkı ona bağışlamıştı. Delaura, içinde derin bir rahatlama duygusuyla diz çöktü ve birlikte Kutsal İsa duasını okudular. Sonra piskopos onu kutsadı ve kendini toparlamasına yardım etti.

"Tanrı yardımcın olsun," dedi ve onu yüreğinden sildi.

Cayetano cezasını çekmeye başladıktan sonra bile, piskoposluğun ileri gelen din adamları onun için araya girmişlerdi, ama piskopos yumuşamıyordu. Şeytan kovucuların, eninde sonunda defetmek istedikleri aynı cinler tarafından çarpıldıkları kuramını kabul etmiyordu. İleri sürdüğü son gerekçe, Delaura'nın, onlara İsa'nın değişmez yetkisiyle karşı koymakla yetinmeyip, inanç sorunları üzerinde onlarla tartışmaya girme saygısızlığında bulunmuş olmasıydı. Piskoposun dediğine göre, ruhunu tehlikeye atan ve onu mezhep sapkınlığının kıyısına kadar getiren de bu olmuştu. Ama herkesi asıl şaşırtan, piskoposun, olsa olsa pişmanlık göstermesinin yeterli olacağı bir kabahat yüzünden, en güvendiği adamına karşı bu derece sert davranmasıydı.

Martina, Sierva María'nın bakımını örnek bir bağlılıkla üstlenmişti. Bağışlanma ricasının olumsuz karşılanmasından o da son derece üzgündü, ama kız, terasta nakış işledikleri bir akşam gözlerini kaldırıp da onu gözyaşları içinde görene kadar fark etmemişti bunu. Martina, umutsuzluğunu ondan gizlemedi:

"Bu zindanda yavaş yavaş ölmektense, çoktan ölmüş olmayı isterdim."

Dediğine göre tek umudu, Sierva María'nın cinleriyle olan ilişkisiydi. Onların kim olduklarını, nasıl olduklarını, onlarla nasıl konuşulduğunu bilmek istiyordu. Kız, altı tane cini olduğunu söyledi; Martina da içlerinden birinin kimliğini, bir zamanlar anne ve babasının evine dadanmış olan Afrikalı bir cin olarak tanıdı. Bu yeni hayal, ona can katmıştı.

"Onunla konuşmak isterdim," dedi. Sonra da verilecek mesajı açıkça belirtti: "Ruhuma karşılık olarak."

Sierva María, işi hınzırlığa vurmuştu. "Dili yok," dedi. "İnsan onun yüzüne bakınca ne dediğini anlıyor." Sonra da bütün ciddiyetiyle, bir dahaki karşılaşmalarında onunla görüşmesi için kendisine haber vereceğine söz verdi.

Cayetano'ya gelince, büyük bir alçakgönüllülükle hastanenin berbat koşullarına boyun eğmişti. Ölüme terk edilmiş olan cüzamlılar, palmiye yapraklarından yapılma barakaların düzleştirilmiş toprak zemininde yatmış uyuyorlardı. Pek çokları, ellerinden geldiğince sürüklenip gidiyorlardı. Genel tedavi günü olan salı günleri, dayanılmaz bir hal alıyorlardı. Cayetano, en düşkünlerin bedenlerini ahırdaki yalağın içinde yıkayarak ruhunu arındırma özverisini kendi kendine üstlenmişti. Kefaretinin ilk salı günü, rahiplik saygınlığı kaba saba hastabakıcı gömleğine indirgenmiş olarak bu işlerle uğraşırken, markinin kendisine hediye etmiş olduğu doru atın sırtında Abrenuncio çıkageldi.

"Gözün ne durumda?" diye sordu ona.

Cayetano, bahtsızlığından söz etmek ya da durumuna üzülmek için fırsat vermedi ona. Gerçekten de güneş tutulmasının izini gözünün retinasından silmiş olan göz damlası için teşekkür etti.

"Teşekkür edecek bir şey yok," dedi Abrenuncio. "Güneşten göz kamaşmasına karşı bildiğimiz en iyi şeyi verdim size: Yağmur suyu damlaları."

Kendisini ziyarete gelmesini söyledi. Cayetano da, izinsiz sokağa çıkamadığını anlattı. Abrenuncio, oralı olmadı. "Bu krallıklardaki zaafları biliyorsanız, yasaların üç günden fazla uygulanmadığını da biliyorsunuz demektir," dedi. Bir yandan kefaretini öderken, bir yandan da çalışmalarını sürdürmesi için kitaplığının emrine amade olduğunu söyledi. Cayetano, onun bu sözlerini ilgiyle, ama herhangi bir hayale kapılmadan dinledi.

"Sizi kederinizle baş başa bırakıyorum," diye sözünü tamamladı Abrenuncio, atını mahmuzlayarak. "Hiçbir tanrı, sizinki gibi bir yeteneği, cüzamlıları yıkayarak boşa harcasın diye yaratmış olamaz."

Ertesi salı, *Felsefi Mektuplar*'ın Latince cildini ona hediye olarak götürdü. Cayetano, kitabın sayfalarını karıştırdı, içini kokladı, değerini hesapladı. Kitabın değerini ne kadar çok anlarsa, Abrenuncio'yu o kadar az anlayabiliyordu.

"Beni neden bu kadar mutlu ettiğinizi bilmek isterdim," dedi.

"Çünkü biz tanrıtanımazlar, din adamları olmadan yaşamayı beceremeyiz," diye karşılık verdi Abrenuncio. "Hastalar bize bedenlerini emanet ederler, ama ruhlarını değil; biz de, tıpkı şeytan gibi, Tanrı'yla o ruhlar için tartışmaya çalışırız."

"Bu, sizin inançlarınıza hiç uymuyor," dedi Cayetano.

"Onların ne olduğunu ben bile bilmiyorum," diye karşılık verdi Abrenuncio.

"Ama Kutsal Mahkeme biliyor," dedi Cayetano.

Sanılabileceğinin tersine, bu iğneleyici söz Abrenuncio'yu heveslendirmişti. "Eve gelin de bunu rahatça tartışalım," dedi. "Geceleri iki saatten fazla uyumuyorum, hep de bölük pörçük olmak üzere, onun için ne zaman gelseniz olur." Ve atı mahmuzlayarak çekip gitti.

Cayetano çok geçmeden, büyük bir gücü yarı yarıya kaybetmenin mümkün olmadığını anlamıştı. Eskiden gözde olduğu için peşinden ayrılmayan aynı insanlar, bir cüzamlıymış gibi ondan kaçıyorlardı. Dünyevi sanat ve edebiyat konularını paylaştığı arkadaşları, Kutsal Mahkeme'yle çatışmamak için bir yana çekilmişlerdi. Ama onun umurunda bile değildi. Sierva María'dan başkasına verecek kalbi yoktu, yine de ona yetmiyordu. Onları ayırabilecek olanın okyanuslar, dağlar, yeryüzünün ya da gökyüzünün yasaları ya da cehennem gücü olamayacağından emindi.

Bir gece, aşırı bir esinlenmeyle, ne yapıp yapıp manastıra sızabilmek için hastaneden kaçtı. Manastırın dört kapısı vardı: döner kapı olan ana giriş, deniz tarafında aynı büyüklükte bir başka kapı, iki de küçük servis kapısı. Bunlardan ilk ikisinin aşılması olanaksızdı. Cayetano'nun, Sierva María'nın zindan bölümündeki penceresini, artık kafesli olmayan tek pencere olması nedeniyle, ta kumsaldan saptaması zor olmamıştı. Yoldan bakıp tırmanabileceği en küçük bir açıklığı boşuna arayarak, binayı karış karış inceledi.

Tam artık pes etmek üzereydi ki, halkın *Cessatio a Divinis* sırasında manastıra yiyecek taşıdığı tüneli hatırladı. O dönemde kışla ya da manastırlarda tünellere sık sık rastlanırdı. Kentte bilinen en az altı tünel vardı, yıllar geçtikçe daha başkaları da keşfediliyor ve öykülere konu oluyordu. Vaktiyle mezarcı olan bir cüzamlı, Cayetano'ya aradığının hangisi olduğunu açıklamıştı: Manastırı, geçen yüzyılda ilk Klarislerin mezarlığı olan boş bir arsaya bağlayan, artık kullanılmaz olmuş bir su kanalı vardı. Tam zindan bölümünün altına ve aşılmaz gibi görünen dimdik, çok yüksek bir duvarın önüne çıkıyordu. Yine de Cayetano, dua gücüyle her şeyin elde edilebileceğine inandığı için, başarısız pek çok denemeden sonra duvara tırmanmayı becerdi.

Gecenin geç saatinde zindan sakindi. Gardiyanın dışarıda uyuduğundan emin olduğu için, kapısı aralık olarak horlamakta olan Martina Laborde'ye dikkat etti yalnızca. O âna kadar serüvenin gerilimi içinde boşlukta gibiydi, ama kendini, halkadaki asma kilidi açık olarak hücrenin önünde bulunca, kalbi yerinden fırlayacakmış gibi oldu. Kapıyı parmaklarının ucuyla itti, menteşelerin gıcırtısı süresince kalbi durmuştu sanki ve Sierva María'yı İsa kandilinin ışığında uyur gördü. Kız birden gözlerini açmış, ama onu cüzamlı hastabakıcılarının bezden gömleği içinde tanımakta güçlük çekmişti.

"Duvara tırmandım," dedi fısıltıyla.

Sierva María, istifini bozmamıştı.

"Ne için?" diye sordu.

"Seni görmek için," dedi Delaura.

Ellerinin titremesi ve sesinin çatlak çatlak çıkmasından şaşkına dönerek daha başka ne söyleyeceğini bilemedi.

"Gidin buradan," dedi Sierva María.

Delaura sesinin çıkmayacağı korkusuyla birkaç kez başını sallayarak itiraz etti.

"Gidin buradan," diye yineledi kız. "Yoksa bağırırım."

O sırada Delaura ona öylesine yakındı ki, bakire soluğunu hissedebiliyordu. "Beni öldürseler de gitmem," dedi. Sonra birdenbire kendini korkunun öte yanında hissederek, kararlı bir ses tonuyla ekledi: "Yani bağıracaksan başlayabilirsin."

Kız dudaklarını ısırdı. Cayetano, yatağın kenarına oturdu ve ona çektiği cezayı ayrıntılarıyla anlattı, ama nedenlerini söylemedi. Kız, onun söyleyebildiğinden çok daha fazlasını anlamıştı. Korkusuzca baktı ona ve gözünün üzerinde neden bant olmadığını sordu.

"Artık gerekmiyor," dedi Delaura, yüreklenerek. "Şimdi artık gözlerimi yumuyorum ve altından bir ırmak gibi çağlayan bir saç görüyorum."

İki saat sonra mutluluk içinde ayrıldı oradan, çünkü Sierva María, kapıdan aldığı o sevdiği tatlıları getirdiği sürece gelmesini kabul etmişti. Ertesi gece o kadar erken gelmişti ki, manastırda hâlâ hareket vardı; kızın kandili de, Martina'nın verdiği nakışı bitirebilmek için hâlâ yanıyordu. Üçüncü gece, ışığı beslemek için fitille yağ götürdü. Cumartesiye rastlayan dördüncü gece, Sierva María'nın, zindanın içinde yeniden üremiş olan bitlerini ayıklamasına yardım ederek saatler geçirdi. Kızın saçları tertemiz olup tarandığında, Delaura bir kez daha arzunun verdiği buz gibi terleri hissetti. Düzensiz soluklarla Sierva María'nın yanına uzandı ve onun berrak gözlerini kendisininkilerin bir karış uzağında buldu. İkisi de ne yapacaklarını bilemez haldeydiler. Korkusundan dua eden Delaura, onun bakışlarına karşılık veriyordu. Sonunda kız, konuşmaya cesaret edebildi:

"Kaç yaşındasın?"

"Martta otuz üçümü bitirdim," dedi Delaura.

Kız, onu inceledi.

"Artık epeyce yaşlı sayılırsın," dedi, biraz da alayla. Alnındaki kırışıklara bakarak, yaşının bütün acımasızlığıyla ekledi: "Kırışmış bir ihtiyarcık."

Delaura alınmadı onun bu sözlerine. Sierva María, neden beyaz bir perçemi olduğunu sordu ona.

"O bir leke," diye yanıt verdi Delaura.

"Boya mı?" diye sordu kız.

"Doğal," dedi Delaura. "Annemin de vardı."

O âna kadar onun gözlerinin içine bakmayı bırakmamış, kız ise teslim olma belirtisi göstermemişti. Delaura derin derin içini çekerek, bir dize okudu:

"Ah o tatlı anlar, artık benim olmayan."[1]

Kız anlamamıştı.

"Büyükannemin büyükannesinin büyükbabasının bir şiiri," diye açıkladı Delaura. "Üç kaside, iki mersiye, beş şarkı, kırk sone yazmıştı. Çoğu da, asla kendisinin olamamaktan öte bir ayrıcalığı bulunmayan bir Portekizli hanım içindi, önce kendisi evli olduğu için, sonra da o bir başkasıyla evlendiği ve ondan önce öldüğü için."

"O da rahip miydi?"

"Askerdi," dedi Delaura.

Sierva María'nın yüreğinde bir kıpırtı olmuştu, şiiri yeniden dinlemek istedi. Delaura şiiri yeniden okudu, hem bu kez yoğun bir sesle ve iyice hakkını vererek, ömrünün baharındaki bir savaşta aldığı taş yarasıyla ölen, aşk ve silah şövalyesi Don Garcilaso de la Vega'nın kırk sonesinin sonuncusuna varana kadar okudu.

Cayetano okumayı bitirince, Sierva María'nın elini

---

1. Şair Garcilaso de la Vega'nın, kaybettiği sevgilisi Doña Isabel Freyre'ye adadığı sonelerinden biri olan X numaralı sonenin ilk dörtlüğü: "*Oh dulces prendas por mi mal halladas, / dulces y alegres cuando Dios quería, / juntas estáis en la memoria mía / y con ellas en mi suerte conjuradas!*" "Ah o tatlı anlar, artık benim olmayan, / Tatlı ve neşeli Tanrı istediğince, / Aklımdan çıkmadan orada hep öylece / Ve ölümümde bile beni bırakmadan!" (Ç.N.)

tutarak kalbinin üzerine götürdü. Kız içindeki acının gümbürtüsünü hissediyordu.

"İşte hep böyleyim," dedi Delaura.

Ve paniğe yer vermeden, yaşamasını engelleyen o belirsiz şeyden kurtardı kendini. Onu düşünmeden geçirdiği tek bir ânı bile olmadığını, yediği ve içtiği her şeyde ondan bir tat bulunduğunu, yalnızca Tanrı'nın olan bir hak ve güce sahip olarak hayatının her saatini bütünüyle doldurduğunu ve kalbinin alacağı en büyük zevkin onunla birlikte ölmek olacağını itiraf etti. Soneleri okurkenki aynı akıcılık ve ateşlilikle, ona bakmadan sürdürüyordu konuşmasını, ta ki Sierva María'nın uyuyakaldığı izlenimini edinene kadar. Ama kız uyanıktı, ürkek bir dişi geyik gibi gözlerini ona dikmiş bakıyordu. Zorlukla sorabildi:

"Ya şimdi?"

"Şimdi, hiç," dedi Delaura. "Bunu bilmen bana yeter."

Daha fazla devam edemedi. Sessizce ağlayarak kolunu ona yastık olsun diye başının altından geçirdi; kız da, onun yanında kıvrılıp dertop oldu. Horozlar ötmeye başlayana kadar, uyumadan, konuşmadan öylece kaldılar ve Delaura, saat beş ayinine vaktinde yetişebilmek için apar topar kalkıp gitti. Gitmeden önce, Sierva María, sedef ve mercan boncuklardan on sekiz karış uzunluğundaki o değerli Oddúa kolyesini armağan etti ona.

Yüreğindeki korkunun yerini kalp çarpıntıları almıştı. Delaura için huzur kalmamıştı artık; Sierva María'yı görmek için hastaneden kaçtığı o mutlu saate kadar her şeyi baştan savma yapıyor, havalarda uçuyordu. Sürekli yağan yağmurlardan sırılsıklam bir halde soluk soluğa varıyordu hücreye; kız da onu öylesine büyük bir kaygıyla bekliyordu ki, Delaura'nın tek bir gülümsemesi bile ona yeniden rahat bir soluk aldırıyordu. Bir gece, onca kez dinlemekten artık ezberlediği dizelerle kendisi başladı söze. "Durup baktığımda nasıl olduğuma / Ve bana attırdığın o adımlara,"[1] diye okudu. Sonra da hınzırca sordu:

"Arkası nasıldı?"

"Öleceğim, vuruldum çünkü bilmeden / İsterse öldürmeyi çok iyi bilen,"[2] dedi Delaura.

Kız, aynı yumuşaklıkla yineledi soneyi ve en sonuncusuna kadar böylece sürdürdüler, dizeleri atlayarak, soneleri istedikleri gibi bozup değiştirerek, onlarla kendilerininmiş gibi dilediklerince oynayarak. Sonunda yorgunluktan uyuyakalmışlardı. Gardiyan, sabahın saat beşinde, horozların yaygarası arasında, elinde kahvaltıyla girdi içeri; her ikisi de korkuyla uyandılar. Yürekleri duracak gibi olmuştu. Gardiyan, kahvaltıyı masanın üzerine bıraktı, elindeki fenerle her zamanki denetimini yaptı ve Cayetano'yu yatakta göremeden çekip gitti.

"Şu iblis, çok yaman," diye alay etti Delaura, soluğu yerine gelince. "Beni de görünmez yaptı."

Sierva María'nın, gardiyanın o gün hücreye yeniden gelmemesi için bütün kurnazlığını kullanması gerekmişti. O gece geç saatlerde, bütün bir gün gönül eğlendirdikten sonra, birbirlerini ezelden beri sevdiklerini hissediyorlardı. Cayetano, şakayla karışık bir hareketle, Sierva María'nın korsajının kordonunu çözme cesaretini gösterdi. Kız, memelerini iki eliyle korudu; gözlerinde bir

---

1. Garcilaso de la Vega'nın I numaralı sonesinin ilk dörtlüğü: "*Cuando me paro a contemplar mi estado / y a ver los pasos por do me has traído, / hallo, según por donde anduve perdido, / que a mayor mal pudiera haber llegado.*" "Durup baktığımda nasıl olduğuma / Ve bana attırdığın o adımlara, / Anlıyorum, bakınca ne olduğuma, / Olabilirdim bundan kötü bin defa." (Ç.N.)

2. Aynı sonenin ilk üçlüğü: "*Yo acabaré, que me entregué sin arte / a quien sabrá perderme y acabarme / si quisiere, y aún sabrá querello.*" "Öleceğim, vuruldum çünkü bilmeden, / İsterse öldürmeyi çok iyi bilen / Ve elbet bunu isteyecek olana." (Ç.N.)

öfke ışıltısı yanıp sönmüş, yüzünden bir pembelik esip geçmişti. Cayetano, kızın ellerini, sanki alev alev yanıyorlarmış gibi, baş ve işaret parmaklarıyla tutarak göğsünden ayırdı. Kız, direnmeye çabaladı; o ise, yumuşak ama kararlı bir hareketle karşı koydu. "Benimle birlikte söyle," dedi ona. "Sonunda geldim işte ellerinize."[1]

Kız boyun eğdi. "Öyle sımsıkı sarılarak ölmeye," diye sürdürdü, Delaura buz gibi parmaklarıyla korsajını açarken. Sierva María, korkudan tir tir titreyerek, zorlukla çıkan bir sesle tekrarladı: "Kanıtlansın yalnız benim bedenimde / Nice keskindir kılıç yenik düşende."[2] O zaman Delaura, ilk kez olarak dudaklarından öptü onu. Sierva María'nın bedeni, bir iniltiyle ürperdi, hafif bir meltem ürpertisi içinde kendini kaderine terk etti. Delaura, parmaklarının ucunu, neredeyse değdirmeyerek kızın teninin üzerinde gezdirdi ve ilk kez kendini bir başka bedenin içinde hissetme mucizesini yaşadı. İçinden bir ses, Sierva María, kölelerin barakalarında serbest aşkın tüm gücünü ortaklaşa yaşarken, kendisinin, Latince ve Yunancayla geçirdiği uykusuz gecelerinde, inancının coşkusuyla kendinden geçtiği zamanlarda, bakirliğin ıssız çöllerinde şeytanın ne kadar uzağında olduğunu anlatıyordu ona.

---

1. Garcilaso de la Vega'nın II numaralı sonesinin ilk dörtlüğü: *"En fin a vuestras manos he venido, / do sé que he de morir tan apretado / que aún aliviar con quejas mi cuidado / como remedio mes ya defendido."* "Sonunda geldim işte ellerinize, / Öyle sımsıkı sarılarak ölmeye / Bırakmadınız acımı dindirmeye / Çaresiz ne kadar yakınsam boş yere." (Ç.N.)

2. Aynı sonenin ikinci dörtlüğü: *"Mi vida no sé en qué s ha sostenido / si no es en haber sido yo guardado / para que sólo en mí fuese probado / cuánto corta una espada en un rendido."* "Hayatım bilmem ki hep dayandı neye / Amacı neydi göstermek değildiyse / Kanıtlansın yalnız benim bedenimde / Nice keskindir kılıç yenik düşende." Şair, bu son dizede, "Tehlike geçtikten sonra övünmek kolaydır" anlamına gelen *"A moro muerto, gran lanzada"* (Ölmüş olan Mağribiye, müthiş kargı darbesi) şeklindeki İspanyol atasözüne göndermede bulunmaktadır. (Ç.N.)

Kendisini onun yönlendirmesine bırakarak, karanlıklarda el yordamıyla ilerliyordu, ama son anda pişman olmuş, ruhsal bir çöküntünün içine yuvarlanmıştı. Gözleri kapalı olarak yüzükoyun kalakaldı. Sierva María, onun bu sessizliğinden ve ölü gibi hareketsizliğinden korkuya kapılmıştı; parmağıyla dokundu ona.

"Neyiniz var?" diye sordu.

"Bırak beni şimdi," diye mırıldandı Delaura. "Dua ediyorum."

Daha sonraki günlerde, birlikte oldukları zamanlarda huzur dolu yalnızca birkaç an geçirebilmişlerdi. Aşk acılarından konuşmaktan bıkmıyorlardı. Birbirlerini öpücüklere boğuyorlar, hüngür hüngür ağlayarak birbirlerine aşk dizeleri okuyorlar, birbirlerinin kulağına şarkılar fısıldıyorlar, güçlerinin son damlasına kadar arzu bataklıklarında çırpınıyorlardı: Bitkin ama el değmemiş olarak. Çünkü Delaura, son nefesini verene kadar yeminini tutmaya karar vermişti, Sierva María da bunu onunla paylaşıyordu.

Tutkularına ara verdiklerinde, birbirlerine aşırıya kaçan deneyler uyguluyorlardı. Delaura, onun uğruna her şeyi yapabileceğini söylemişti. Sierva María da, çocukça bir acımasızlıkla, hatırı için bir hamamböceği yemesini istedi ondan. Delaura, kızın engellemesine fırsat vermeden bir hamamböceği yakalayarak canlı canlı yutuverdi. Böyle çılgınca meydan okumaların bir başkasında, Delaura, hatırı için saç örgüsünü kesip kesemeyeceğini sordu ona; kız da kesebileceğini söyledi, ama yarı şaka yarı ciddi olarak, adağının koşulunu yerine getirebilmesi için, o zaman kendisiyle evlenmesi gerekeceği konusunda uyardı onu. Bunun üzerine Delaura, hücreye bir mutfak bıçağı getirerek şöyle dedi: "Doğru mu değil mi görelim bakalım." Kız, saçını kesebilsin diye sırtını döndü ona. Sonra da meydan okudu: "Cesaretin varsa kes bakalım." Delaura cesaret edemedi. Birkaç gün sonra kız, onu oğlak boğazlar gibi boğazlamasına izin verip vermeyeceğini sordu. Delaura gözünü kırpmadan izin vereceğini söyledi. Kız, bıçağı çıkararak denemeye hazırlandı. Delaura son andaki çırpınışın korkusuyla yerinden fırladı. "Sen değil," dedi. "Sen değil." Kız, gülmekten katılarak nedenini sordu, o da doğrusunu söyledi.

"Sen gerçekten cesaret edersin de ondan."

Tutkudan artakalan sakin zamanlarında, gündelik sevginin sıkıntılarını da yaşamaya başlamışlardı. Delaura eve dönen bir kocanın doğallığı içinde geldiğinde görsün diye, Sierva María hücreyi temiz ve tertipli tutuyordu. Cayetano da ona okuma yazma gösteriyor, özgür olup evlenecekleri o mutlu günün beklentisi içinde, onu şiirin ilahî dünyasına sokarak, Ruhülkudüs'e bağlılığı öğretiyordu.

27 Nisan sabahı şafak sökerken, Cayetano hücreden çıktıktan sonra Sierva María'nın uykuya dalmak üzere olduğu bir sırada, şeytan kovma işlemlerini başlatmak üzere haber vermeden onu almaya gelmişlerdi. Bir ölüm mahkûmunun ayiniydi bu. Onu sürükleye sürükleye yalağın başına götürdüler, kova kova sularla yıkadılar, çekiştire çekiştire boynundaki kolyeleri aldılar ve ona mezhep sapkınlarına özgü o kaba saba gömleği giydirdiler. Bostancılıkla uğraşan bir rahibe, bir ağaç budama makasının dört koca darbesiyle saçını ensesinden keserek, avluda yanmakta olan odun ateşine fırlatıp attı. Berberliği üstlenen rahibe, sonra da kızın saçının geri kalanını, tıpkı Klarislerin başlıklarının altındaki gibi, yarım parmak boyunda kırparak, her kırpıntıyı kestikçe ateşe atmayı sürdürdü. Sierva María, alevlerin altın renkli parıltısını görerek el değmemiş odunun çıtırtılarını duymuş, taş kesi-

151

len yüzünde tek bir kas bile oynamaksızın, insanın genzini tıkayan yanan boynuz dumanının kokusunu almıştı. En sonunda da ona bir deli gömleği giydirdiler, üzerini bir cenaze örtüsüyle örttüler ve iki köle kız onu bir asker sedyesinin üzerinde taşıyarak kiliseye götürdü.

Piskopos, önde gelen din adamlarından oluşan Rahipler Meclisi'ne çağrıda bulunmuş, onlar da Sierva María'ya yapılacak işlemlerde hazır bulunsunlar diye içlerinden dört kişiyi seçmişlerdi. Piskopos, son bir çaba göstererek çok kötü durumdaki sağlığını alt etmişti. Törenin, daha önceki unutulmaz şeytan kovma ayinlerinde olduğu gibi katedralde değil, Santa Clara Manastırı'nın kilisesinde yapılmasını buyurmuş, şeytan kovma işlemini de kendisi üstlenmişti.

Başlarında başrahibe olmak üzere Klaris rahibeleri, daha sabah duaları öncesinden beri kilisenin koro bölümündeydiler; ışımakta olan günün öneminden etkilenmiş olarak org eşliğinde okumuşlardı sabah ilahilerini. Hemen arkasından Rahipler Meclisi'nin yüksek aşamalı üyeleri, üç tarikatın başkanları ve Kutsal Mahkeme'nin ileri gelenleri girdiler içeri. Bunların dışında tek bir sivil yoktu, olamazdı da.

Piskopos, üzerinde büyük tören giysileriyle, dört köle tarafından tahtırevanla taşınarak ve avutulamaz bir keder havası içinde en son geldi kiliseye. Ana altarın karşısına, görkemli cenaze törenlerinde kullanılan mermer katafalkın yanında, gövdesini kımıldatmasını kolaylaştıran bir döner sandalyeye oturdu. Saat tam altıda, iki köle, deli gömleği giydirilmiş, üzeri hâlâ mor renkli örtüyle örtülü olan Sierva María'yı sedyeyle içeri getirdiler.

Ayin ilahileri sırasında sıcaklık dayanılmaz bir hal almıştı. Orgun bas sesleri, kilisenin bezemeli ahşap tavanlarında gümbürdüyor, koronun kafesleri ardında görünmeyen Klarislerin cılız seslerinin yer yer duyulmasına bile pek fırsat vermiyordu. Sierva María'nın sedyesini taşıyan yarı çıplak iki köle, onun yanında nöbette kalmışlardı. İlahinin sonunda kızın üzerindeki örtüyü kaldırdılar ve onu mermer katafalkın üzerine ölü bir prenses gibi yatar bıraktılar. Piskoposun köleleri onu koltuğuyla birlikte kaldırarak götürüp kızın yanına koydular ve ana altarın karşısındaki geniş alanda onları yalnız bırakıp yerlerine döndüler.

Bundan sonraki aşama, ilahî bir mucizenin başlangıcına benzeyen dayanılmaz bir gerilim ve salt bir sessizlik olmuştu. Bir rahip çömezi, kutsanmış su kabını piskoposun elinin altına koydu. Piskopos, kutsal su serpmecini bir savaş tokmağı gibi kavrayarak Sierva María'nın üzerine eğildi ve dualar mırıldanarak bedenine boydan boya su serpti. Şeytanı kovmak için birdenbire söylemeye başladığı sözler, kiliseyi temellerine kadar sarsmıştı.

"Her kim olursan ol," diye haykırdı, "İsa'nın, Tanrı'nın, görülen ve görülmeyen, var olan, var olmuş olan ve var olacak olan her şeyin efendisinin emriyle, vaftizle kurtarılmış olan o bedeni terk et ve karanlıklara geri dön."

Korkudan kendinden geçmiş olan Sierva María da bir çığlık attı. Piskopos, onu susturmak için sesini yükseltiyor, ama o daha çok bağırıyordu. Piskopos, derin bir soluk alarak, sözlerine devam etmek için yeniden ağzını açtı, ama soluduğu hava göğsünün içinde sönüp gitmiş, onu dışarı verememişti. Sudan çıkmış balık gibi ağzını açarak yüzükoyun yere yığılmış ve tören korkunç bir kargaşa içinde sona ermişti.

Cayetano, o gece Sierva María'yı, üzerinde deli gömleğiyle ateşler içinde titrer bir halde buldu. Onu en çok sinirlendiren de, saçları kırpılmış kafasının berbat görüntüsü olmuştu. Bir yandan onu kayışlardan kurtarırken, "Tanrım," diye mırıldandı, "nasıl olur da böyle bir suç işlemelerine izin verirsin." Sierva María, serbest kalır kalmaz onun boynuna sarıldı ve hüngür hüngür ağlarken hiç konuşmadan öylece birbirlerine sarılı kaldılar. Delaura, onun iyice boşalmasını bekledi. Sonra yüzünü kaldırarak şöyle dedi: "Artık gözyaşı yok." Ve Garcilaso'nun bir dizesiyle sözünü bağladı:

"Yeter sizin için benim döktüklerim."

Sierva María, kilisede geçirdiği o korkunç deneyimi anlattı ona. Koronun savaş çığlıklarına benzeyen bağrışmalarından, piskoposun hezeyan halinde haykırmalarından, yakıcı soluğu ve heyecandan ışıl ışıl yanan o güzel yemyeşil gözlerinden söz etti.

"Tıpkı şeytana benziyordu," dedi.

Cayetano, onu yatıştırmaya çalıştı. O dev gibi gövdesine, fırtına gibi sesine ve sert yöntemlerine rağmen piskoposun iyi ve bilgili bir insan olduğu konusunda ona güvence verdi. Sierva María'nın duyduğu dehşet anlaşılır bir şeydi, ama hiçbir tehlike altında değildi.

"Bütün istediğim, ölmek," dedi kız.

"Kendini öfkeli ve yenik düşmüş hissediyorsun, tıpkı sana yardım edemediğim için benim hissettiğim gibi," dedi Delaura. "Ama Tanrı bize yeniden doğacağımız günü bahşedecektir."

Sierva María'nın kendisine armağan etmiş olduğu Oddúa kolyesini çıkardı ve elinden alınanların yerine onu boynuna taktı. Yatağa yan yana uzanarak, birbirlerinin acılarını paylaştılar; dünyadaki tüm sesler sönüp gitmeye başlamış, yalnızca tavanın ahşap bezemelerindeki termitlerin hışırtısı duyulur olmuştu. Heyecanları yatışmıştı. Cayetano, yarı karanlıkta konuştu:

"İncil'in son kitabında, bir gün gelip tanyerinin hiç ağarmayacağı haber verilmektedir," dedi. "Keşke o gün bugün olsa."

Sierva María, Cayetano gittikten sonra bir saat kadar uyumuş olmalıydı, tam o sırada yeni bir gürültüyle uyandı. Karşısında, yanında başrahibeyle birlikte, yaşlı bir rahip duruyordu; iriyarı bir gövdesi, güherçileden sertleşmiş esmer bir teni, kafasında dimdik olmuş saçları, kaba saba elleri ve insana güven duygusu veren gözleri vardı. Sierva María daha tam olarak uyanamadan rahip, Yoruba dilinde şöyle dedi ona:

"Sana kolyelerini getirdim."

İsteği üzerine manastırın vekilharcının kendisine geri verdiği bütün kolyeleri cebinden çıkardı. Onları Sierva María'nın boynuna takarken, Afrika dillerinde birer birer sayarak tanımlıyordu: aşkın ve Changó'nun kanının kırmızısıyla beyazı, hayatın ve Elegguá'nın ölümünün kırmızısıyla siyahı, suyun yedi boncuğu ve Yemayá'nın açık mavisi. Rahip, yumuşak bir ses tonuyla Yoruba'dan Kongo'ya, Kongo'dan Mandinga'ya geçiyor, kız da onu büyük bir kolaylık ve akıcılıkla izliyordu. Sonunda İspanyolcaya geçtiyse, bunu, Sierva María'nın öylesine tatlılıkla davranabileceğine inanamayan başrahibeye saygısından yapmıştı yalnızca.

Kutsal Mahkeme'nin Sevilla'daki eski savcısı ve köleler mahallesinin rahibi olup, piskoposun, sağlığı elvermediğinden şeytan kovma ayininde kendi yerini alması için seçtiği Peder Tomás de Aquino de Narváez'di bu. Hakkında anlatılanlar sert bir insan olduğuna kuşku bırakmıyordu. Mezhep sapkını on bir Yahudi ve Müslümanı odun ateşine göndermişti, ama asıl saygınlığı, içlerindeki Endülüs'ün en inatçı cinlerini yenilgiye uğratmayı başardığı sayısız ruhlardan geliyordu. Kanarya Adaları'nın tatlı şivesiyle konuşan, ince zevkli, zarif tavırlı bir adamdı. Beyaz ve melez karışımı kölesiyle evlenen bir kral vekilinin oğlu olarak burada doğmuş, dört kuşaktır beyaz olan soyunun temizliğini bir kez kanıtladıktan sonra yerel papaz okulunda eğitimini tamamlamıştı. Üstün nitelikleri sayesinde Sevilla'da doktora yapma olanağını elde etmiş, elli

yaşına kadar da orada oturmuş ve görev yapmıştı. Yurdu-
na geri döndüğünde en yoksul yörede görev istemiş, Afri-
ka dinleri ve dillerine merak sararak, köleler arasında bir
başka köle olarak yaşamıştı. Sierva María'yla anlaşmak ve
onun cinleriyle en akıllıca biçimde yüzleşmek için ondan
daha uygun biri olamazdı.

Sierva María, rahibi o anda bir koruyucu melek ola-
rak görmüş ve yanılmamıştı da. Tutanaklardaki gerekçe-
leri onun yanında bir bir çürütmüş ve hiçbirinin kesin
olmadığını başrahibeye göstermişti. Amerika'daki cinle-
rin Avrupa'dakilerle aynı olduğunu, ancak adlarının ve
davranışlarının farklılık gösterdiğini de anlattı. Bir kim-
seyi cin çarpıp çarpmadığını anlamakta kullanılan dört
kuralı açıkladı ve cinlerin, insanların tersine inanmaları
için bunlardan yararlanmalarının ne kadar kolay olduğu-
nu belirtti. Sonra da Sierva María'nın yanağına sevecen
bir çimdik atarak vedalaşıp ayrıldı.

"Rahat uyu," dedi ona. "Ben daha kötü düşmanlar da
gördüm."

Başrahibe, ondan öylesine hoşnut kalmıştı ki, yanın-
da anasonlu küçük bisküviler ve seçkin kimseler için ay-
rılmış daha başka pastacılık mucizeleriyle birlikte Klaris-
lerin o ünlü kokulu çikolatasından içmeye davet etti
onu. Özel yemek odasında yiyip içerlerken rahip, ondan
sonra atılacak adımlar için talimatlarını verdi. Başrahibe
seve seve kabullendi hepsini.

"O zavallının iyi ya da kötü olması beni hiç ilgilen-
dirmez," dedi. "Tanrı'ya yalvardığım tek şey, onu bir an
önce bu manastırdan çıkarması."

Rahip, birkaç günlük, hatta Tanrı'nın izniyle birkaç
saatlik bir iş olması için elinden geleni yapacağına söz
verdi. İkisi de sonuçtan hoşnut bir halde ziyaretçi oda-
sında vedalaşırlarken, birbirlerini bir daha asla görmeye-
ceklerini ne biri ne de öteki tahmin edebilirdi.

Gerçekten de öyle oldu. Kendi cemaatinin üyelerinin dedikleri gibi Peder Aquino, kilisesine kadar yürüyerek gitti, çünkü uzun zamandır çok az dua ediyordu ve Tanrı'nın gözünde bunun karşılığını, her gün özlemlerini depreştirerek ödüyordu. Çeşit çeşit satıcıların bağrışmalarından şaşkına dönmüş bir halde, kapının dışındaki çamurlu alanı geçmek için güneşin alçalmasını bekleyerek oralarda oyalandı. En ucuz tatlılardan ve perişan durumdaki kendi tapınağını yenilemek için o hiç vazgeçemediği kazanma hayaliyle yoksulların piyangosundan bir bilet satın aldı. Jütten örülmüş hasırlar üzerinde sergilenen ufak tefek elişlerinin önünde totem heykelleri gibi oturan zenci hatunlarla sohbet ederek yarım saat geçirdi. Saat beşe doğru Getsemaní'nin iner kalkar köprüsünü geçti; korkunç görünümlü kocaman bir köpeğin leşini, kuduzdan öldüğünün anlaşılması için daha yeni asmışlardı oraya. Havada bir gül kokusu vardı, gökyüzü de dünyada görülmemiş bir berraklıktaydı.

Denizin bastığı bataklık alanın hemen kıyısındaki köle mahallesi, tam bir sefalet içindeydi. Damları palmiye yapraklarından yapılmış kerpiç kulübelerde akbabalar ve domuzlarla bir arada yaşanıyor, çocuklar sokaklardaki birikintilerden su içiyorlardı. Yine de, renklerin yoğun, seslerin canlı olduğu en neşeli mahalleydi burası, hele hele hava kararırken, serinliğin zevkine varmak için iskemleleri sokağın ortasına çıkardıklarında. Rahip, aldığı tatlıları mahallenin çocukları arasında paylaştırdı, üç tanesini de akşam yemeği için kendine ayırdı.

Tapınak, duvarları sazlardan örülüp balçıkla pekiştirilmiş, çatısı palmiye yapraklarıyla örtülü, üç köşeli yan duvarında kazıklardan çatılmış bir haç duran bir kulübeydi. Masif tahtalardan arkalıklı sıraları, tek bir azizin durduğu tek bir altarı ve rahibin pazar günleri Afrika dillerinde vaaz verdiği ahşap bir kürsüsü ardı. Rahip evi, ana altarın arka tarafında kilisenin bir uzantısı biçimindeydi; rahip, içinde portatif bir yatakla kaba saba bir sandalyenin bulunduğu bu odada, son derece sade bir hayat sürüyordu. Dip tarafta taşlı bir küçük avlu ve salkımları büzüşmüş bir asmanın sarılı olduğu bir çardak vardı, bir de orayı bataklıktan ayıran dikenli bir çit. Tek içme suyu, avlunun bir köşesinde duran, harçla sıvanmış bir sarnıçtakiydi.

Her ikisi de dönme Mandinga olan yaşlı bir kilise kayyumuyla on dört yaşında öksüz bir kız, kilisede olsun, evde olsun, rahibin tek yardımcılarıydılar, ama tespih duasından sonra onlara ihtiyacı kalmıyordu. Rahip, kapıyı kapatmadan önce, kalan o son üç tatlıyı bir bardak suyla birlikte yedi; sonra da sokakta oturan komşularıyla her zamanki İspanyolca cümlesiyle vedalaştı:

"Tanrı hepinize iyi ve huzurlu bir gece nasip etsin."

Kiliseden bir sokak ötede oturan kayyum, ilk önce sabahın saat dördünde, günün tek ayini için rahibin kapısını tıklattı. Saat beş olmadan önce, rahibin geciktiğini görünce, odasına bakmaya gitti. Orada yoktu. Avluda da bulamadı onu. Çevrede aramaya koyuldu, çünkü ara sıra çok erken saatlerde komşu avlulara ahbaplık etmeye gittiği olurdu. Yine bulamadı. Kiliseye gelen cemaat üyesi birkaç kişiye, rahibi bulamadıkları için ayinin yapılamayacağını haber verdi. Saat sekizde, güneş artık ortalığı iyice ısıttığında, hizmetçi kız, sarnıçtan su çekmeye gitti; işte oradaydı Peder Aquino: Ayaklarında yatarken çıkarmadığı çoraplarıyla, suyun üstünde sırtüstü yüzüyordu. Büyük üzüntü yaratan, hüzünlü bir ölüm olayıydı bu, hem de hiçbir zaman açıklığa kavuşturulamayan bir sır. Başrahibe ise, şeytanın kendi manastırına karşı duyduğu nefretin kesin kanıtı olarak ilan etti bunu.

Haber, masum bir hayalle Peder Aquino'yu bekleyip duran Sierva María'nın hücresine kadar ulaşamadı. Onun kim olduğunu Cayetano'ya nasıl açıklayacağını bilememişti, ama onu kolyelerine kavuşturması ve oradan kurtarma sözü vermesi karşısında duyduğu minnettarlığı anlatmıştı ona. O zamana kadar her ikisi de, mutlu olmak için aşkın yeterli olduğu düşüncesindeydiler. Ama özgürlüğün yalnızca kendilerine bağlı olduğunu, Peder Aquino'yla hayal kırıklığına uğrayan Sierva María fark etti ilk olarak. Bir gece geç vakit, öpücüklerle geçirdikleri uzun saatlerden sonra, Delaura'ya gitmemesi için yalvardı. O ise bunu hafife aldı ve ona bir öpücük daha vererek vedalaştı. Kız, yataktan fırlayıp kapının önünde kollarını iki yana açtı.

"Ya gitmezsin ya da ben de giderim."

Bir keresinde Cayetano'ya, onunla birlikte kaçıp San Basilio de Palenque'ye sığınmayı ne kadar istediğini söylemişti; oradan on iki fersah uzaklıkta, kaçak kölelerin yaşadığı ve hiç kuşkusuz kraliçeler gibi karşılanacağı bir köydü orası. Cayetano'ya da dâhice bir fikir gibi gelmişti, ama kaçma olayıyla bağdaştıramıyordu bunu. Daha çok yasal şekilciliğe güveniyordu o. Markinin kızına, cin çarpmış olmadığı tartışılmaz bir biçimde kanıtlanmış olarak kavuşmasını ve din adamlarıyla rahibelerin düğünlerinin hiç kimsenin ayıplamayacağı kadar sık görüldüğü sivil bir topluma katılmak üzere piskoposunun affını ve iznini elde etmeyi istiyordu. Bu yüzden de Sierva María, onu ya kalması ya da kendisini de birlikte götürmesi ikilemi karşısında bırakınca, onu bir kez daha oyalamaya çalıştı. Kız, Delaura'nın boynuna sarılarak bağırmakla tehdit etti onu. Şafak sökmek üzereydi. Korkuya kapılan Delaura, onu bir itişte kendini kurtardı ve tam sabah dualarının başlamakta olduğu anda oradan kaçıp gitti.

Sierva María'nın tepkisi korkunç olmuştu. En basit bir nedenle gardiyanın yüzünü tırmalamış, kendini içeri kilitleyerek, gitmesine izin vermezlerse hücreyi ateşe verip kendini yakacağı tehditlerini savurmuştu. Kanlar içindeki yüzünü görünce öfkeden kendinden geçen gardiyan, şöyle bağırdı ona:

"Cesaretin varsa yak bakalım, Baal-zebub[1] canavarı."

Buna yanıt olarak, Sierva María, İsa kandiliyle şilteyi ateşe verdi. Martina'nın yatıştırıcı hareketlerle araya girmesi, bir faciayı önlemişti. Yine de gardiyan, o günkü raporunda, kızın, zindan bölümünde daha iyi korumalı bir hücreye geçirilmesini talep etti.

Sierva María'nın tedirginliği, Cayetano'nun kaçmaktan başka bir çareyi hemen bulmak için acele etmesine neden olmuştu. İki kez markiyi görmeye çalıştı, ama her ikisinde de, efendilerinin olmadığı evin içinde istedikleri gibi başıboş dolanır bulduğu çoban köpekleri tarafından engellenmişti. Aslında marki, bir daha oraya dönmeyecekti. Bitmez tükenmez korkularına yenik düşerek, Dulce Olivia'nın kollarına sığınmaya çalışmış, ama o markiye kapılarını açmamıştı. Yalnızlık acıları başladığından beri her yolu deneyerek ona seslenmiş, ama yalnızca kâğıttan kuşlar içinde alaylı yanıtlar almıştı. Sonra birdenbire çağrılmadan ve haber vermeden çıkagelmişti. Kullanılmamaktan işe yaramaz haldeki mutfağı temizleyip düzene koymuştu, ocakta çıtır çıtır yanan ateşin üzerinde de bir tencere fokurduyordu. Organzadan volanlı pazar giysisini giymiş, son moda kokular ve balsamlarla süslenip püslenmişti; deliliğini gösteren tek şey, üzerinde balıklar ve kafeste kuşlar bulunan kocaman kenarlı şapkasıydı.

---

1. İncillerde adı geçen şeytanlar prensi. Eski Ahit'te Filistin kenti Ekron'un tanrısına verilen addır ("II. Krallar", 1:1-18). (Y.N.)

"Geldiğin için sana minnettarım," dedi marki. "Kendimi çok yalnız hissediyordum." Sonra da bir yakınmayla tamamladı sözünü: "Sierva'yı kaybettim."

"Senin kabahatin," dedi Dulce Olivia, hiç oralı olmadan. "Kaybolması için elinden geleni yaptın."

Akşam yemeği, üç türlü et ve bahçenin en seçkin sebzeleriyle yapılmış Kreol usulü biberli yahniydi. Dulce Olivia, kılığına çok iyi giden hanımefendi tavırları içinde yemek servisini yaptı. Huysuz köpekler hırlayarak onu izliyor ve bacaklarının arasında dolanıyorlardı; o da, tatlı fısıltılarla onları oyalıyordu. Gençken ve aşktan korkmadıkları zamanlarda olabilecekleri biçimde, sofrada markinin karşısına geçip oturdu, birbirlerine bakmadan, şakır şakır terleyerek ve yaşlı bir evli çiftin kanıksamışlığı içinde çorbalarını kaşıklayarak, sessizce yediler yemeklerini. Birinci yemekten sonra Dulce Olivia, yemeğe ara vererek içini çekti ve geçmiş yıllarının bilincine vararak şöyle dedi:

"Böyle olabilirdik."

Onun sertliği markiye de bulaşmıştı. Onu, iki dişi eksilmiş, gözlerinin feri kaçmış, şişman ve yaşlanmış olarak getirdi gözünün önüne. Babasına karşı gelme yürekliliğini gösterebilmiş olsaydı, belki de böyle olacaklardı.

"Öyle aklın başında gibi görünüyorsun ki," dedi ona.

"Hep öyleydim," diye karşılık verdi öteki. "Beni asla olduğum gibi görmeyen sendin."

"Ben seni, hepsinin genç ve güzel olduğu ve en iyisini ayırt etmenin kolay olmadığı bir kalabalığın içinden seçtim," dedi marki.

"Senin için ben kendim seçtim kendimi," dedi Dulce Olivia. "Sen seçmedin. Hep şimdiki gibiydin; zavallının tekiydin."

"Kendi evimde bana hakaret ediyorsun," diye karşılık verdi marki.

Atışmanın kaçınılmazlığı Dulce Olivia'yı coşturmuştu.

"Senin olduğu kadar benim de evim," dedi. "Bir kahpenin doğurmuş olmasına rağmen kızının da benim olduğu gibi." Ve yanıt vermesine fırsat bırakmadan sözünü tamamladı: "En kötüsü de onu kötü ellere emanet etmiş olman."

"Tanrı'nın ellerine," dedi marki.

Dulce Olivia, öfkeyle haykırdı:

"Piskoposun, onu fuhşa sürükleyip gebe bırakan oğlunun ellerine."

"Kendi dilini ısırsan zehirlenirsin!" diye bağırdı marki, sinirlenerek.

"Sagunta abartır, ama yalan söylemez," dedi Dulce Olivia. "Hem beni aşağılamaya da çalışma, öldüğünde suratını pudralayacak bir tek ben kaldım çünkü."

Oyunun her zamanki son perdesiydi bu. Gözyaşları, koca koca damlalar halinde tabağın içine düşmeye başlamıştı. Köpekler uyumuşlardı, ama kavganın gerilimi onları uyandırmış, başlarını tedirginlikle kaldırarak hırlamaya koyulmuşlardı. Marki, soluğunun daraldığını hissetti.

"Görüyorsun işte," dedi öfkeyle, "böyle olacaktık."

Dulce Olivia, yemeğini bitirmeden kalktı. Sofrayı topladı, müthiş bir öfke içinde tabaklarla tencereleri yıkadı; yıkarken de her birini yalağın içinde kırıyordu. Ağlamasına göz yumdu marki, ta ki tabak çanağın kalıntılarını, bir dolu yağmuru gibi çöp tenekesinin içine boşaltana kadar. Sonra da vedalaşmadan çekip gitti. Ne marki ne de başka herhangi bir kimse, Dulce Olivia'nın ne zaman kendisi olmayı bıraktığını ve yalnızca geceleri evin içinde dolaşan bir hayalet olmayı sürdürdüğünü öğrenebildi.

Cayetano Delaura'nın piskoposun oğlu olduğu yalanı, Salamanca'dan beri birbirlerine âşık oldukları biçimindeki daha eski yalanın yerini almıştı. Dulce Olivia' nın, Sagunta tarafından da doğrulanan ve daha da abartılan yorumu, Sierva María'nın gerçekten de Cayetano Delaura'nın şeytani iştahını doyuma ulaştırmak için manastıra kapatıldığı ve iki başlı bir çocuğa gebe kaldığı biçimindeydi. Sagunta'nın anlattığına göre, sefahat âlemleri, bütün Klaris toplumuna bulaşmıştı.

Marki, bir türlü kendine gelemedi. Anılarının kaygan bataklıklarında el yordamıyla dolaşarak, korkuya karşı sığınabileceği bir yer aradı ve yalnızlığının içinde yücelttiği Bernarda'nın anısını bulabildi sadece. Bu anıyı, onun en nefret ettiği yanlarını, pis kokulu yellenmelerini, ters yanıtlarla kafa tutmalarını, çıkıntılı ayak kemiklerini aklına getirerek defetmeye çalıştı, ama onu ne kadar çok alçaltmaya çalışırsa, anıları o kadar çok ülküleşiyordu. Sonunda özlemlerine yenik düşerek, gittiğinden beri orada olduğunu sandığı Mahates'teki şekerkamışı değirmenine haberler yollayarak ortalığı yokladı; Bernarda gerçekten de oradaydı. Her ikisinin de hiç değilse yanında ölebileceği biri bulunsun diye, kırgınlıklarını unutup eve dönmesi için haber yolladı. Bir yanıt çıkmaması üzerine de kalkıp onu bulmaya gitti.

Markinin, anılarının ırmaklarında yeniden dolaşması gerekecekti. Genel valiliğin en güzellerinden olan çiftlik, bir hiçe dönüşmüştü. Otların arasında yolu ayırt etmek olanaksızdı. Değirmenden geriye yalnızca döküntüler, pasın yiyip bitirdiği makineler, şekerkamışı cenderesinin koluna hâlâ koşulu duran son iki öküzün iskeletleri kalmıştı. Rüzgârların fısıldaştığı pınarbaşı, sukabaklarının gölgesinde hayat dolu tek şey gibi görünüyordu. Marki, sazlıkların kavrulmuş sapları arasında daha evi göremeden, Bernarda'nın artık doğal kokusu haline gelmiş olan sabunlarının parfümlü kokusunu almış ve onu görmeye nasıl can attığının farkına varmıştı. İşte orada, bakışlarını hiç kımıldamadan ufka dikmiş kakao yiyerek, kapı sundurmasının kenarında salıncaklı bir sandalyede oturuyordu. Üzerinde pembe pamukludan hafif bir giysi vardı; saçları, pınarbaşında daha yeni yaptığı banyodan hâlâ ıslaktı.

Marki sundurmanın üç basamağını çıkmadan önce, "İyi akşamlar," diye selamladı onu.

Bernarda bu selam hiç kimseden gelmemiş gibi, ona bakmadan karşılık verdi. Marki terasın kenarına çıktı ve oradan bakışlarını çalılıkların üzerinden geçirerek bir uçtan öbür uca ufkun üzerinde gezdirdi. Göz alabildiğince yabani çalılıklar vardı yalnızca, bir de pınarbaşındaki sukabakları.

"İnsanlara ne oldu?" diye sordu.

Bernarda, tıpkı babası gibi, yine onun yüzüne bakmadan yanıt verdi:

"Hepsi gittiler," dedi. "Yüz fersahlık çevrede tek canlı kalmadı.

Marki, bir sandalye bulmak üzere içeri girdi. Evin her yanı dökülüyordu, minik pembe çiçekli yeşillikler zeminin tuğlaları arasından başlarını çıkarmışlardı. Yemek odasında, termitlerin delik deşik ettiği iskemlelerle eski masa ve kim bilir ne zamandan beri durmuş olan saat yine oradaydı; hepsi de soluk alırken hissedilen gözle görülmez tozlu bir havanın içindeydi. Marki, iskemlelerden birini dışarı taşıdı, Bernarda'nın yanına oturarak, çok alçak sesle ona şöyle dedi:

"Sizin için geldim."

Bernarda istifini bozmadı, ama başıyla belli belirsiz algılanabilen olumlu bir işaret yaptı. Marki, ne halde olduğunu anlattı ona: evde kimseler yoktu, köleler bıçaklarını çekerek çalılıkların ardında pusuya yatmışlardı, geceler bitmek bilmiyordu.

"Hayat değil bu," dedi.

"Hiçbir zaman olmadı ki," dedi karısı da.

"Belki olabilirdi," diye karşılık verdi marki.

"Sizden ne kadar nefret ettiğimi gerçekten bilseydiniz, bana bunu söylemezdiniz," dedi Bernarda.

"Ben de hep sizden nefret ettiğimi sandım," dedi marki, "şimdi ise bunu kesin olarak bilmediğimi görüyorum."

Bunun üzerine Bernarda, gün ışığıyla içini görebilmesi için kalbinin derinliklerini açtı ona. Babasının onu ringa balıkları ve salamura bahanesiyle nasıl oraya yolladığını, o eski fal bakma hilesiyle onu nasıl aldattıklarını, babası görmezlikten gelirken kendisinin onu baştan çıkarmasına nasıl karar verdiklerini ve ömür boyu elini kolunu bağlı tutabilmek için Sierva María'ya gebe kalmasını sağlayacak o soğukkanlı ve kesin manevrayı nasıl tasarladıklarını anlattı. Kendisine gönül borcu duymasını gerektiren tek şey, babasıyla birlikte kararlaştırdıkları ve ona fazla acı çektirmemek için çorbasına afyonruhu boca etmek biçimindeki son sahne için kendinde cesaret bulamamış olmasıydı.

"İpi kendi boynuma ben kendim geçirdim," dedi. "Ama pişman değilim. Her şeyin üstüne bir de yedi aylık doğmuş o zavallı yavruyu ya da bütün talihsizliklerimin nedeni olan sizi sevmemi beklemek çok fazla olurdu."

Bütün bunların üstüne, alçalmasının en son basamağı, Judas Iscariote'yi kaybetmesi olmuştu. Onu başkalarında ararken, kendini şekerkamışı değirmenindeki kölelerle dur durak bilmeyen bir fuhşa vermişti; oysa ilk kez cesaret edebilene kadar ona en fazla tiksinti veren şeydi bu. Fermante olmuş bal ve kakao tabletleri çekiciliğini bozana kadar, onları gruplar halinde seçiyor, muz bahçelerinin sınırlarında tek sıra halinde elden geçiriyordu; sonra her yanı şişip çirkinleşmiş, o kadar bedeni kaldıracak hali kalmamıştı. Bunun üzerine karşılığını ödemeye başlamıştı. Önceleri en gençlere, güzellik ve yeteneğine göre, altın benzeri ince pirinç pullarla, sonunda da gücünün yettiklerine saf altınla. Onun doymak bilmez açlığından kendilerini kurtarabilmek için kitle halinde San Basilio de Palenque'ye kaçtıklarını keşfetmekte çok gecikmişti.

"İşte o zaman onları bıçak darbeleriyle pekâlâ öldürebilecek kapasitede olduğumu anladım," dedi, tek bir damla gözyaşı dökmeden. "Hem yalnızca onları değil, sizi ve kızı da, o beleşçi babamı da ve hayatımın içine sıçan herkesi de. Ama artık hiç kimseyi öldürecek halim kalmamıştı."

Fundalıkların üzerinden güneşin batışını seyrederek sessizce oturdular. Ufukta uzaklardan bir yerden bir hayvan sürüsünün geçtiği duyuldu ve teselli bulmaz bir kadın sesi, gece olana kadar, teker teker adlarıyla seslendi hayvanlara. Marki, içini çekerek, "Görüyorum ki size gönül borcu duyacak hiçbir şeyim yokmuş," dedi.

Hiç acele etmeden kalktı, iskemleyi götürüp yerine koydu, veda etmeden ve ışık yakmadan, geldiği yöne doğru çekip gitti. Aradan iki yaz geçtikten sonra, hiçbir yere çıkmayan bir patikanın üzerinde ondan geriye kalan tek şey, akbabaların kemirdiği iskeleti olacaktı.

Martina Laborde, o gün, gecikmiş bir işi bitirmek için bütün sabahı nakış işlemekle geçirmişti. Öğle yemeğini Sierva María'nın hücresinde yedi, sonra da öğle uykusuna yatmak için kendi hücresine gitti. Akşamüzeri, artık nakışın sonlarına vardığında, garip bir hüzünle konuştu onunla:

"Günün birinde bu zindandan çıkacak olursan, ya da ben daha önce çıkarsam, her zaman hatırla beni," dedi ona. "Tek övüncüm bu olmalı."

Sierva María, gardiyanın Martina'yı hücresinde bulamadığı için avaz avaz bağırarak kendisini uyandırdığı ertesi sabaha kadar anlamadı bu sözlerin ne demek olduğunu. Manastırı köşe bucak araştırmışlar, onun izine bile rastlamamışlardı. Martina'dan alınan tek haber, Sierva María'nın yastığının altında bulduğu, onun o süslü elyazısıyla yazılmış bir kâğıt oldu: *"Çok mutlu olmanız için günde üç kez dua edeceğim."*

Hâlâ bu beklenmedik olayın şaşkınlığı içindeyken başrahibe, yanında yardımcısı ve hazır kuvvetlerden daha başka rahibeler, ayrıca alaybozanlarla donatılmış bir manga muhafızla birlikte içeri girdi. Elini öfkeyle uzatıp Sierva María'ya dokunarak, şöyle bağırdı:

"Suç ortağısın ve cezanı çekeceksin."

Kız, serbest olan elini, başrahibeyi olduğu yere mıhlayan bir kararlılıkla kaldırarak, "Onları çıkarlarken gördüm," dedi.

Başrahibe, şaşırmıştı.

"Yalnız değil miydi?"

"Altı kişilerdi," dedi Sierva María.

Bu mümkün görünmüyordu, hem de tek kaçış yolu duvarlarla çevrili avlu olan terastan çıkmış olmaları büsbütün olanaksızdı.

"Yarasa gibi kanatları vardı," dedi Sierva María, kollarını çırparak. "Terasta kanatlarını açtılar ve uça uça onu denizin öte yanına kadar götürdüler."

Muhafızların başı, dehşet içinde istavroz çıkararak dizleri üstüne çöktü.

"Kutsal Meryem Ana," dedi.

"Tertemiz günahsız bakire," diye hep bir ağızdan tamamladılar ötekiler.

Cayetano'nun geceleri manastırda geçirdiğini keşfettiğinden beri Martina'nın tam bir gizlilik içinde en küçük ayrıntılarına kadar tasarlamış olduğu, kusursuz bir kaçıştı bu. Öngörmediği ya da önemsemediği tek şey, herhangi bir kuşkuya yer vermemek için, su kanalının girişini içeriden kapaması gerektiğiydi. Kaçma olayını soruşturanlar, burayı açık bulmuşlar, araştırdıklarında gerçeği keşfederek kanalın her iki ucunu da hemen ördürmüşlerdi. Sierva María da, inziva bölümünde kapısı asma kilitli bir hücreye nakledilmişti zorla.

O gece, muhteşem bir mehtabın altında, tüneli örten duvarı yıkmaya uğraşırken, Cayetano'nun yumrukları kan içinde kaldı. Çılgıncasına bir güçle kendinden geçerek markiyi bulmaya koştu. Ana kapıyı çalmadan iterek ıssız evin içine girdi; içerideki ışık dışarıdakiyle aynıydı, çünkü kireç badanalı duvarlar mehtabın parlaklığından saydam gibi görünüyordu. Ortalığın temizliği, eşyaların düzeni, vazolardaki çiçekler, terk edilmiş evin içindeki her şey kusursuzdu. Menteşelerin gıcırtısı çoban köpeklerini azdırmıştı, ama Dulce Olivia, sert bir emirle onları anında susturdu. Cayetano, avlunun yeşil gölgeleri arasında, üzerinde markizin tuniği, saçları bayıltıcı kokular saçan canlı kamelyalarla süslenmiş olarak, ışıl ışıl bir güzellik içinde gördü onu; baş ve işaret parmaklarıyla haç işareti yaparak elini kaldırdı ve, "Tanrı adına söyle, kimsin?" diye sordu.

"Acı çeken günahkâr bir ruh," dedi öteki. "Ya siz?"

"Ben, Cayetano Delaura'yım," diye karşılık verdi Delaura. "Sayın markiye beni bir an dinlemesi için dizlerimin üzerinde yalvarmaya geldim."

Dulce Olivia'nın gözleri öfkeyle ışıldamıştı.

"Sayın markinin bir alçaktan dinleyeceği bir şeyi yok," dedi.

"Siz kim oluyorsunuz ki bunu böylesine buyururcasına söylüyorsunuz?"

"Ben, bu evin kraliçesiyim."

"Tanrı aşkına," dedi Delaura. "Kızıyla ilgili olarak konuşmaya geldiğimi markiye haber verin." Ve sözü daha fazla döndürüp dolaştırmadan, elini göğsüne götürerek şöyle dedi:

"Onun aşkından ölüyorum."

"Tek bir söz daha söylerseniz köpekleri salıveririm," dedi Dulce Olivia sinirlenerek, sonra da kapıyı işaret etti: "Çıkın buradan."

Öyle otoriter bir hali vardı ki Cayetano, onu gözden kaybetmemek için geri geri yürüyerek evden çıktı.

Salı günü, Abrenuncio hastanedeki hücresine girdiğinde, Delaura'yı acılar içinde geçirdiği uykusuz gecelerin perişanlığı içinde buldu. Ona her şeyi anlattı Delaura: çektiği cezanın gerçek nedenlerinden, hücredeki aşk gecelerine kadar her şeyi. Abrenuncio, şaşırmış kalmıştı.

"Sizden her şeyi beklerdim ama çılgınlığın bu kadarını asla," dedi.

Bu kez şaşıran Cayetano olmuştu; şöyle sordu ona:

"Hiç başınıza gelmedi mi?"

"Hiç gelmedi, oğlum," dedi Abrenuncio. "Cinsellik bir yetenektir, o da bende yok."

Onu yatıştırmaya çalıştı. Aşkın, doğaya karşıt bir duygu olduğunu, birbirlerine yabancı iki kişiyi mutsuz ve sağlıksız, hem de ne kadar geçici olursa o kadar yoğunlaşan bir bağımlılığa mahkûm ettiğini söyledi. Ama Cayetano kulak asmadı ona. Hıristiyan dünyasının baskısından olabildiğince uzağa kaçmak onda bir saplantı halini almıştı.

"Yalnızca marki bize yasalar yoluyla yardım edebilir," dedi. "Dizlerimin üzerinde ona yalvarmak istedim, ama evde bulamadım."

"Onu hiçbir zaman bulamazsınız," dedi Abrenuncio. "Ona ulaşan söylenti, sizin kızı kötü yola düşürmeye çalıştığınız biçimindeydi. Şimdi görüyorum ki, Hıristiyan görüş açısına göre haksız değilmiş." Delaura'nın gözlerinin içine baktı: "Kendinizi mahkûm ettirmekten kork-muyor musunuz?"

"Zaten mahkûm olduğumu sanıyorum, ama Ruhül-kudüs tarafından değil," dedi Delaura, telaşlanmadan. "Onun aşka inançtan daha fazla değer verdiğine inanmı-şımdır hep."

Abrenuncio, mantığa kul köle olmaktan yeni azat olmuş bu adamın kendisinde uyandırdığı hayranlığı sak-layamadı. Ama ona gerçekdışı sözler vermedi, hele Kut-sal Mahkeme'nin işin içinde olduğu böyle bir sırada.

"Sizinki, ona karşı durabilmeniz için size cesaret ve mutluluk veren bir ölüm dini," dedi ona. "Benimki öyle değil; ben, esas olan tek şeyin hayatta kalmak olduğuna inanırım."

Cayetano, koşa koşa manastıra gitti. Güpegündüz servis kapısından girdi ve duanın verdiği güçle görün-mez olduğu inancıyla hiçbir önlem almaksızın bahçeyi geçti. İkinci kata çıktı, manastırın iki kanadını birleştiren çok alçak tavanlı ıssız bir koridoru geçti ve inzivadakile-rin yokluk içindeki sessiz dünyasına girdi. Bilmeden, Si-erva María'nın onun için gözyaşı döktüğü yeni hücrenin önünden geçmişti. Zindan bölümüne ulaşmak üzereydi ki, arkasından yükselen bir ses onu durdurdu:

"Dur!"

Dönüp baktı, yüzü peçeyle örtülü bir rahibe ve ken-disine karşı kaldırılmış bir haç gördü. Öne doğru bir adım attı, ama rahibe, İsa'yı koydu aralarına ve *"Vade retro!"* diye bağırdı. Arkasından bir başka ses daha duy-du: *"Vade retro."* Ve bir başkası, sonra bir başkası: *"Vade retro."* Kendi çevresinde defalarca döndü ve ellerindeki haçları kaldırıp bağırarak onu sıkıştıran, yüzleri peçeli acayip birtakım rahibelerin oluşturduğu bir halkanın or-tasında bulunduğunu fark etti:

"Vade retro, Satana!"

Cayetano, gücünün sonuna gelmişti. Kutsal Mahkeme'ye çıkarıldı ve kent meydanında yapılan duruşmada, kendisine mezhep sapkınlığı kuşkuları ve halk arasında karışıklıklara, Kilise'nin içinde de tartışmalara neden olma suçları yüklenerek mahkûm oldu. Özel bir affa uğrayarak, mahkûmiyetini Amor de Dios Hastanesi'nde hastabakıcı olarak geçirdi; orada hastalarıyla birlikte yerlerde yemek yiyip uyuyarak ve onların yalaklarında kullanılmış sularla bile yıkanarak uzun yıllar yaşadı, ama açıkça gösterdiği cüzama tutulma isteği bir türlü gerçekleşmedi.

Sierva María, onu boşuna beklemişti. Aradan üç gün geçtikten sonra, cin çarpma belirtilerini daha da ciddileştiren bir başkaldırı patlaması içinde yemeden içmeden kesildi. Cayetano'nun çökmesinden, Peder Aquino' nun açıklanamaz ölümünden, kendi bilgisini ve gücünü aşan bir bahtsızlığın halkta yarattığı yankıdan altüst olan piskopos, şeytan kovma ayinlerini, onun durumunda ve yaşında bir kimse için akıl almaz bir enerjiyle yeniden üstlenmişti. Sierva María, bu kez kafası usturayla tıraş edilip deli gömleği giydirilmiş olarak, değişik dillerde feryatlar ya da cehennem kuşlarının çığlıklarıyla, şeytani bir yırtıcılık içinde ona karşı koymuştu. İkinci gün, kudurmuş sığırlara özgü korkunç bir böğürtü duyuldu, yer sarsıldı ve artık Sierva María'nın bütün cehennem cinlerinin merhametine kalmamış olduğunu düşünmek mümkün değildi. Hücresine geri götürüldüğünde, içinde kalmış olabilecekleri kovmaya yarayan bir Fransız yöntemi olan kutsanmış suyla lavman yaptılar ona.

Bu işkence üç gün daha sürdü. Bir haftadır yemek yememesine rağmen Sierva María, bir bacağını kurtarmayı başarmış ve piskoposun karnına, onu yere deviren bir tekme indirmişti. Bedeni öylesine sıskalaştığından kayışlar onu tutamadığı için kendini kurtarabildiğini ancak o zaman fark edebildiler. Kopan hengâme, şeytan kovma ayinini yarıda bırakmanın doğru olacağını gösteriyordu, Rahipler Meclisi de durumu böyle değerlendirmişti, ama piskopos razı olmadı.

Sierva María, Cayetano Delaura'ya ne olduğunu, kapıdan aldığı nefis şeylerle dolu sepeti ve doymak bilmez geceleriyle neden geri gelmediğini bir türlü anlayamadı. 29 Mayıs günü, daha fazla cesareti kalmayarak, Cayetano Delaura'nın bulunmadığı ve bir daha asla bulunmayacağı, karlarla kaplı kırlara bakan o pencereyi gördü yine rüyasında. Kucağında, o yedikçe taneleri yeniden çıkan altın renkli bir üzüm salkımı vardı. Ama bu kez onları birer birer değil, son üzüm tanesine kadar salkımdan önce davranma çabasıyla neredeyse soluk almadan ikişer ikişer koparıyordu. Şeytan kovma ayininin altıncı seansı için onu hazırlamak üzere içeri giren gardiyan, ışıl ışıl gözleri ve yeni doğmuş bebek teniyle onu yatağında aşkından ölmüş buldu. Tutam tutam güçlü saçları kazınmış kafasından sanki köpük köpük fışkırıyor, gitgide uzadığı gözle görülüyordu.